④ 惊魂斗法会

四海为仙

管平潮 ◎ 著

浙江文艺出版社

Zhejiang Literature & Art Publishing House

目录

第一章　花开顷刻，惘怅刹那芳华　　001

第二章　剑冷光寒，吾往杀中求道　　008

第三章　泪雨纷纷，细言前尘往事　　013

第四章　雨打平湖，涤去几年幻梦　　023

第五章　凭栏看剑，窥见身外之身　　030

第六章　弄月放歌，惊灭千秋魂魄　　040

第七章　月舞霓裳，密言长生之语　　049

第八章　水月流虹，我醉欲眠天风　　059

第九章　身非鸿鹄，焉知云路缥缈　　068

第十章　琼花嫩蕊，微绽乱云深处　　075

第十一章　仙缘未合，何处蹑其云踪　083

第十二章　百丈风波，起于青蘋之末　090

第十三章　九曲迷踪，英雄莫问出处　100

第十四章　千山雪舞，辉耀碧朵灵芭　109

第十五章　吐日吞霞，幽魂俱付松风　118

第十六章　乐极生悲，常令逸兴萧疏　132

第十七章　寸心如玉，魂一变而成红　138

第十八章　雪影摇魂，恍惚偏惹风狂　145

第十九章　归风送远，歌雪不负清盟　153

第一章
花开顷刻，惆怅刹那芳华

火云山剿匪之事完成，张小言告别太守、都尉等人，便和琼容同乘那头瘦驴一起踏上归途。现在小言再没心思想那刀光剑影、斗狠争雄，满心里只想着早些回到自己风平浪静的千鸟崖。

两人身后，已留作南海郡镇军之帜的水蓝玄鸟飘金旗，正在揭阳县上空迎风招展，猎猎作响……

夏日南国的草路烟尘中，一驴一囊二人，走走停停，倒比来时多花了一日，才于这天上午到达罗浮山下的传罗县城。

到了传罗县城，小言先去了驴马集市，一番讨价还价后，比买时略亏些银钱卖掉了那头瘦驴。之后又带琼容去了刀剑铺，还上了琼容那对短刀的赊账钱。

二人都已走出好远，刀剑铺的老板还在不停打量手中的银钱，疑惑道："我这铺子可从来没给人赊过账呀！"

回山这一路上，那对厉阳牙口中的朱雀神刃已化作雀簪别在琼容头上，两把短刀则被细草绳拴在一处，系在琼容背后。不知疲倦的小姑娘蹦跳了一路，兵刃碰撞发出的清泠叮当声也就响了一路。

回到罗浮山,踏上通往千鸟崖的山路,张小言走在熟悉的石道上,竟有种久违的感觉,就像他每次从饶州城返回马蹄山一样。

"雪宜现在在做什么呢? 会不会已从飞云顶知晓我们今日回山的消息? 说不定已做了好吃的在等我和琼容呢。"

正在二人一路迤逦,快到四海堂所在的千鸟崖时,远远地却听见一阵喧嚷声顺风传来!

小言心下颇有几分奇怪:"咦? 雪宜平时并不喜欢与人交往,此时千鸟崖上怎会如此喧闹?"

小言立时加快脚下步伐,直往千鸟崖上奔去。

待靠近千鸟崖,小言更觉出了异样。他耳力甚佳,此时已听得分明,崖上嚷闹之人,口口声声说着什么"妖怪""祸害""窝藏"……听到这些险恶词语,小言忙紧赶几步,奔上千鸟崖。

就在小言踏上久违的石坪时,只听得一人说道:"……我今日定要除掉你!"

"哦! 原来是赵兄。"这时小言才发现,说话之人是崇德殿青年弟子赵无尘。有一次讲经会,小言曾见赵无尘和华飘尘在一起。当时看他文质彬彬,对他印象还不错。

"赵兄莫非是来寻我切磋笛艺?"小言问道。

正说得起劲的赵无尘,听得问话,回身看去,见小言含笑站于身后。

乍见小言,赵无尘猛然吃了一惊,略定了定神,才继续说道:"你回来得正好。"

"哦? 不知赵兄究竟有何事找我? 为何刚才听赵兄提甚'妖怪''窝藏'的话?"

"这事说来话长……"

"嗯？怎么不见雪宜出来迎接我们？"这时小言才发觉，在这盛夏时节，自己的居所四海堂竟门户紧闭。

"雪宜，我和琼容剿匪回来啦！雪宜，你在里面吗？"喊了两声，不见回答。这时小言更觉得不对劲了，便反身问赵无尘道："无尘兄，你刚才在和谁说话？你可知寇雪宜寇姑娘在屋中吗？"

正说话间，小言和琼容二人听到原本悄无声息的石屋中，忽响起一阵哭泣之声。听那哭声渐起的情状，想来屋中哭泣之人已是压抑良久。

虽然，石屋中传来的哭泣声并不甚高，但小言听得一清二楚。再联想先前听到的喧闹，正眺望石屋的小言，霍然转过身来，双目炯然生光，直直地逼视赵无尘，冷冷说道："请教赵兄，此事你作何解释？"

"这个，张兄听我讲……"

正说到这儿，石屋中哭泣之声略略转高，赵无尘忽似被针芒戳了一下，心中怪道："咦?！奇怪！原本不应该是我理直气壮的吗？怎么在这山野出身、只会吹几首怪笛的暴发户小儿面前，竟变得如此不济，就好似自己真做错了什么事一般？"

当即，小言便见原本神情已有些萎靡的赵无尘忽地将脖子一梗，扬眉回望自己，傲然说道："此事？此事还要问堂主自己！"

"问我？赵兄此话怎讲？"张小言一头雾水。

"哼！且莫装傻。我来问你，身为上清宫一堂之主，你为何要包庇妖物？"

"包庇妖物？"

"不错！"赵无尘斩钉截铁地答了一句，接着又呵呵冷笑起来，"佩服啊佩服！张堂主果然不是常人。被我说破心事，现在居然啥事没有，一副毫不知情的委屈样子。"

莫名其妙的小言听他这话说得阴阳怪气，便有些不高兴道："无尘兄，你

这话是从何说起？此事我真是不知,决非我故作不知。"

顿了顿,小言又诚恳道:"上次我一睹赵兄风采,颇生仰慕,心下多有结交之意。今日赵兄这么说,可真是寒了我结交的心。"

"哼哼,这些暂且不提。"赵无尘一脸不以为然,"今日先解决掉妖物之事再说。"

"妖物？到底是指何物?"

"哈！张堂主装什么糊涂?那妖物不就在——"说到此处,赵无尘抬手朝四海堂石屋方向一指,"妖物不就在那里！"

"呼！原来如此。"

"嗯?"见自己指过之后,张堂主反而神色轻松,赵无尘倒有些摸不着头脑了。

正疑惑间,只听张小言语气轻快地说道:"你是说雪宜?那不可能。一定是无尘兄误会了。寇姑娘是我从山下偶然救来的小户女子,绝不可能是什么妖物。"

"张小言,没想到你到这时还敢跟我打马虎眼！"赵无尘气急败坏道,"寇雪宜妖物身份确凿,即使你有心维护她,也是不能了。"

"哦?此话怎讲?"听赵无尘这话说得新鲜,小言倒是大感兴趣。

小言身旁的琼容听得小言两人争执不下,言语之间又是"妖物妖物"地说着,本来活泼的小女孩,一脸黯然地躲在一旁,丝毫不敢插上只言片语。

却说赵无尘见小言还这般浑若无事的模样,气得七窍生烟。只听他嚷道:"你不要装懵懂。上次来访千鸟崖,寇雪宜竟施妖术伤我！"

"哦?"小言大奇。

"不是的！"小言正要追问,却见屋内奔出一人,悲切说道,"你们下山后没多久,七夕那晚,这位赵道爷便来到崖上,口口声声正在捉拿妖物,就要到屋中搜索……"泪眼婆娑之人,正是一直闭门不出的寇雪宜。

"我跟他说崖上没有妖物,但他不听,非说最近总见禽兽有异动,定是有妖物藏在屋中……"听着断断续续的哽咽话语,小言脸上渐转凝重。

只听寇雪宜继续泣道:"堂主不在,怎可让他随便闯入屋中,我便拼命阻挡,然后……"

不知何故,说到此处,寇雪宜便再也说不下去了,只在那悲声啜泣。

"赵无尘,可真如寇姑娘所言?"听罢雪宜一番话,小言转向赵无尘质问时,脸上神色已然不善。

"哈哈! 两位一唱一和,这戏演得精彩! 要不要再来一遍?"

一直还算儒雅的赵无尘,此时却换上了一副恶狠狠的神色:"原本我还有些吃不准,只是想确认一下,没想到这来路不明的女子竟用妖法伤我。那晚,她趁我一时不察,不知怎的竟生出许多奇形怪状的藤萝,将我冷不丁捆住——"

说到这儿,赵无尘脸涨得通红,叱问道:"张堂主! 一个来历平凡的民家弱女子,又怎会使出这样的法术? 瞧那藤蔓滋生的怪异模样,不用多想,一望便知是山中草木妖精的召唤之术! 其实张小言你又何必逼我说出来呢? 瞧你俩刚才这番唱和,你应该早就心知肚明了吧?"

"……"小言一时无言。

这时,也只有在他身后的琼容才瞧得清楚,堂主哥哥的衣袖现已无风自动,竟正急促地颤抖个不停。不过,很快,小言的手就停止了颤抖。

"赵无尘,你一口一个'妖物',就仅仅因为自己被人捆得像端午节的粽子?"张小言冷笑道。

"你?!"小言这句平静的话语,却把赵无尘气得张口结舌,一时说不出话来。

现在这位外形儒雅、举止风流的名门弟子赵无尘，在小言看来却只觉得万般厌恶。

"你、你竟想矢口否认，一心庇护这妖物？！我上清宫怎可成为妖物的藏匿之所？"赵无尘不是省油的灯，很快就缓过劲来，反问道。

"赵无尘你错了。我一心庇护不假，只不过却不是庇护什么妖物。"小言这话一出，便连在一旁脸色苍白的寇雪宜，脸颊上都现出好几分惊异之色。寇雪宜恍惚间，只听自己的堂主正朗声说道："我张小言，能被你师爷灵成子郑重延入上清宫，担当四海堂堂主之职，其中手段又岂是你这等人能知晓的？藤萝缚人？小把戏而已。某日闲来无事随手教给她罢了。"

"张小言！你、你想凭这顿大话，便要堵住我的嘴吗？"

"不敢。我张小言又怎敢指望赵大道长信任？你且来看——"说罢，小言转身走向一旁，在石坪边俯身略一察看，便用右手抓起一把泥来。

见小言举动古怪，不仅赵无尘懵懂，便连寇雪宜也觉得莫名其妙。只有琼容估摸着，是不是哥哥想给大家变个戏法？小丫头所想，虽不全对，却也与随后发生之事相差无多。

只见小言手中平举着那捧黝黑的泥土，来到赵无尘面前，说道："草木之戏，小术耳。你可看清楚了！"

说罢，便见小言闭目凝神，口中呢喃，似是在念什么古怪咒语。只是，虽然他神态庄严，但手中那捧泥土，一时却也没什么变化。

赵无尘正要嘲笑小言故弄玄虚，却突然如见鬼魅，猛然间张口欲呼。在西斜的日光中他看得分明，小言手中那抔随手抓来的泥土中间竟突然生出了一点碧绿的嫩芽！然后，这点嫩芽在众人惊异的目光中，似被春风吹起一般，渐生渐长，顷刻间，竟长成一株开着嫩黄花朵的小花，在花的周围，又有许多鲜绿小草，如众星捧月般簇拥着那株明艳的花朵，一齐在千鸟崖的清风中摇摆飘曳。

集萃天地生机之源的太华道力，竟在刹那间让一粒零落的花种提前吐露出绚烂的芳华！

目睹此景，赵无尘倒吸一口冷气："三十六天罡大法之花开顷刻？"

"算你识货。"张小言随口说道。

"张堂主法术神妙，在下自然要佩服。只不过这顷刻生花之法，和寇姑娘藤萝捆人法术，却还是大有不同。"

"哦？你的意思是要我再捆你一次，你才肯相信？"

"……也差不多。"

"你！"看着眼前这副纠缠不休的嘴脸，小言没来由便觉得一阵烦闷。

他转眼一瞧，正看见寇雪宜哭得雨打梨花般憔悴的面容。

"七夕……七月初七，正是五天前……五天前，不正是南海郡郡兵与大风寨贼寇血战的那一天？"

霎时，几日前那场烟火横天、断肢遍地的惨烈景况，重又无比鲜活地跳荡在小言眼前，隆隆的鼙鼓，就似炸雷般突然在他脑海中擂响。一时间，小言只觉嗡的一声，浑身热血都涌上了头！

于是，千鸟崖上几人便见一直耐心周旋的清俊少年，突将手中花土向旁一丢，猛然暴声喝道："赵无尘，你道四海堂堂主是你家养的奴仆？说要演法就要演法？今日你信也罢，不信也罢，本堂主再没心思跟你费话。既然你一心挑衅，那咱还是手底下见真章！"

话音落地，便忽听轰隆一声，一道惊龙般的剑光猛然飞起，直在众人头上呼啸盘旋！

第二章
剑冷光寒，吾往杀中求道

抱霞峰南麓神仙崖东侧耸立着一堵光滑的石壁，石壁中间，有一道约三米长的裂纹，裂口光滑，如刀劈斧砍而成，相传是古仙人试剑处。因此，神仙崖也被叫作试剑岩。清代《罗浮纪胜》有诗云：

> 昔年仙侠游，剑气欲横秋。
>
> 一击风云碧，千年暝色收。
>
> 青苔横断石，山鬼向人愁。
>
> 光华经千古，至今犹照眸。

再说张小言，一想到自己和琼容二人，和那些南海郡郡兵、天师宗门徒，在火云山上出生入死，赵无尘居然就在那晚上崖来生事，再也压不住火，只觉腾地一下，浑身的热血都沸腾起来："就算他是天王老子，今日我也要好好教训教训他！"

这一次，他背上那把怪剑，却真是勤快。小言刚一动念，还没等施展什么感应之术，便已见它挣脱剑鞘腾空而起，在千鸟崖上空盘旋飞舞，发出阵阵声势惊人的怪啸声!

目睹张小言这副激动模样,一直盛气凌人的赵无尘也是大吃一惊。

素来心高气傲、目无他人的上清宫得意门徒,从来就没把捐山入教的普通山民小言放在眼里。上次讲经会,张小言虽没像他预料中那样当众出丑,空手吹笛也是出人意料,但想来也无非是酒楼之人谋生糊口的花活。

觉得心里有底,尽管头上剑舞如龙,赵无尘不仅不害怕,脸上还露出一丝傲慢的笑容。

见他如此,张小言大喝一声:"你是战还是不战?!"

"战。为何不战?"赵无尘道,"没想到你会的障眼法还真不少。只不过凭这些虚头巴脑的,就想唬退本道爷?没那么容易!今天就让你们看看,到底什么是真正的法力!"

说罢,赵无尘脚下发力,依着奇怪的步式手舞足蹈,围绕着小言几人转起圈来。

"他到底在弄什么玄虚?"见赵无尘举动古怪,小言心下倒有些犯疑。

"且不管他。我还是先下手为强。"凝目观察着赵无尘的奔走轨迹,然后小言便按着驭剑诀的法旨,两指一并,大喝一声:"疾!"

便听嗖一声风响,那把正在空中盘旋不已的古剑,猛然朝行进中的赵无尘疾砍而去!

"轰!"一阵金石相击之声,东岩壁上石粉四溅。再去看时,却是那剑飞偏了两寸,只击中了千鸟崖的冷泉岩壁。

"可惜!不过毕竟是第一次,还有些手生!"这边小言犹自惋惜,那边赵无尘却惊出一身冷汗:"哎呀!看来他的飞剑法术,也不是一味糊弄人!"

吃得这一惊,赵无尘再也顾不得继续走那台步,赶紧发出蓄势多时的拿手绝技蚀骨风。

他这法术的厉害之处在于,不等对手察觉,已在无声无息间将一股邪风暗劲悄悄送入对手体内,暗中侵蚀筋骨,让人痛不欲生。

蚀骨风之术是上清宫为数不多的几种风毒法术。赵无尘选用此术,正是要在不动声色间让小言在床上躺上两三个月不能理事,然后……

赵无尘虽心里打着如意算盘,但是可惜,不知是鬼使神差,还是冥冥中自有报应,他今日实在是太小看小言了。

与往日的所有争斗不同,这一次,心思缜密的赵无尘,对对手实力的判断产生了致命偏差。尤其他不知道的是,眼前面容清朗的对手,刚刚从血火滔天的生死杀场中归来。

千鸟崖上空明之中,有一道看不见的暗流直朝小言汹涌波动而去。

这时候,小言已经运起旭耀煊华诀,在周身布上一层护体光华。有了这又叫大光明盾的法术保护,小言安心不少。

于是,就在赵无尘催发的这道暗流准确涌到毫不知情的小言身边时,却忽被这层不断流转的光华生生挡住。

刹那间,波焰交接处,光焰大盛,原本平滑流动的光华,立时激起细密的光波浪簇。

一番动荡后,赵无尘近年来已很少失手的拿手法术,已被消解得无影无踪。

而此时,还是一无所知的小言,正奇怪赵无尘为何只管挤眉弄眼,就是不出手。他并不知道,自己这层大光明盾,刚刚已替他挡下了赵无尘无比凶狠的一击。

这一切,也只是发生在片刻之间。

正在赵无尘奇怪、张小言懵懂之时,却听得一声清脆的喝叫:"休伤我哥哥!"

说话之人正是琼容。虽然她一直不理解堂主哥哥和赵无尘在说些什么,但现在双方动起手来,她便一下子明白了:原来这人是坏人!

她还没来得及动手帮忙,却见一道暗青色的风气,已如利箭般射向小言。当下,琼容又惊又怒,立即便让头上两只朱雀神刃化成的雀簪显现出原形,并驱动着它们射向正在等待小言倒下的赵无尘。

"哎呀!"赵无尘恍惚间只觉得一股火气扑面而来,心知不妙,利刃及身之际,他赶紧将头一低,避过神刃锋芒。

脑袋暂留颈上,只是头上所绾的道髻却未曾逃过,只听哧啦一声,连巾带发,已被削去半边。顿时,满头发丝披散下来,遮住了他整个面庞。空气中,传来一阵毛发烧烫的焦臭味!

"嗯?!"透过盖住脸的头发,赵无尘依稀看到了空中那对飞舞的朱雀神刃。

猛然间,这个一心寻衅的上清宫门徒如遭雷殛,怔立在那,如木雕泥塑般一动不动。

小言却不管这许多内情,见赵无尘正自愣怔,又怎肯放过这个大好机会,赶紧倾身向前,飞起一脚,便将似已分不清东南西北的赵无尘重重踹落山下!

几乎是同一刹那,只听轰隆一声,小言那把古剑已猛然斩下,正击在离赵无尘原先站立地方三四寸处。

这次倒不是小言失了准头,而是他临时起念,生生让剑偏在一旁。百忙中小言忽然记起,赵无尘虽然可恶,但还够不上要用命来抵,现在若真杀了他,恐怕也是麻烦无穷。

经过这次揭阳县剿匪之行,小言已明白,世上确实有不少该杀之人,但赵无尘至少眼下还不算。

现在,千鸟崖上只剩下清一色的四海堂堂中之人。寇雪宜仍是怔怔呆呆,似乎还没从刚才那一连串事情中清醒过来。小言则和琼容一道,趴在袖云亭的栏杆上朝下看:只见刚被踢落的赵无尘,正像只滚地葫芦,顺着灌木丛生、碎石遍布的千鸟崖南坡,一路滚下山去。赵无尘一路翻滚,小言、琼容二人的目光紧随着他由近及远。直到赵无尘撞上一丛坚硬的灌木,才勉强将下滚之势止住。

这时再从高崖上望去,赵无尘差不多已成了一个铜钱般大的黑点。

两人就这样一直朝下望着,小言不动,琼容也不动。过了约莫一盏茶的工夫,那个黑点终于有了响动,似乎正在挣扎着爬起,然后在原地略停了一阵,便开始慢慢朝旁边移去。

"呼!算他命大!"小言松了一口气,瞧山下黑点蜗牛般的移动速度,估计赵无尘这次不死也得脱层皮。

"呼!"小琼容也学样松了一口气,然后转脸问道,"哥哥,那坏蛋做了什么坏事呀?"

"那坏蛋说你雪宜姐姐坏话。"

"这样啊!"小丫头恍然大悟。

"……琼容!我们还是先扶你雪宜姐姐进屋歇息吧。"

"噢!"小丫头应了一声,却偷偷朝山下赵无尘挪去的方向又瞅了几眼。瞧她眼眸乱转的模样,不知鬼灵精怪的小姑娘又在打什么古怪主意。

第三章

旧雨纷纷，细言前尘往事

听到哥哥招呼，琼容便干脆利落地一声应答，跳起来跟在小言身后去扶雪宜姐姐。

刚一左一右扶着寇雪宜走出几步，小言却似又想到什么，便说道："琼容啊，现在坏人多，你还是先留在屋外，看看是否还会有坏人来。有人来就叫我。"

"嗯，好！"这个吩咐正中琼容下怀，她立即松开小手，一蹦一跳奔到袖云亭边，继续观看山下那个黑点像蜗牛般缓慢地挪动。

小言小心翼翼地将寇雪宜扶进四海堂正屋之中。这时，寇姑娘脸上犹带泪痕，浑身微微颤抖，显见内心颇不平静。

将她扶入屋中，小言便顺手带上了门扉。不过，稍一迟疑之后，又反手将木门拉开了。

小言将门扉打开之后，屋内情势已是风云突变，刚刚还一脸嬉笑的小言突然间就变了神色，那把原本应在鞘中的铁剑，已然紧搁在寇雪宜雪白的脖颈之上。

"说！你到底是何人，来我四海堂又有何居心！"神色凝重的小言，低沉

而果决地喝道。

这一番风云变幻,寇雪宜却如同早已料到一般,要害处冰冷的剑锋,正抵在雪嫩的肌肤上,却丝毫没能让她害怕。

只听寇雪宜语气平淡地说道:"恩公莫着忙,雪宜这几日正是等着此时。不错,赵无尘说得没错,我确实不是人,只是山野中一个卑微的草木妖灵。"

说到此处,她秀眸微举,却见眼前之人神色并未有任何异样,仍是沉默如水。于是她继续说道:"在眼前方圆五百里的洞天中,有一处人迹罕至的冰峰,其上冰雪万古不化。冰峰最顶处的冰岩雪崖,便是我的家。我来到世间第一眼,便是看到一片雪色明透的冰壁,然后,发现自己正飞舞在一株株美丽的花树间。很久以后我才知道,这样的花树,你们叫它梅树。"

此时,寇雪宜面前唯一的听众小言已双目瞑闭,似乎已经睡着。只有那把古剑,仍然一丝不苟地保持着原来的姿势。

"不知道过了多少年,我发现自己已慢慢长大,能飞得更远,但我始终都不敢离开那棵终年开着淡黄花朵的梅树。直到有一天,突然有一道霹雳,从比冰峰还要高的天上朝我打来。还没等我明白发生了什么事,就看到身边那棵一直陪着自己的梅树,已经变成了纷纷扬扬的粉末。

"那时,我还不知道自己应该心痛,只是单纯地飞得更远。然后就遇上了一条会说话的大蛇,它很凶狠地要我认它做大哥,否则就要吃掉我。我也不知道什么叫吃掉,不过还是听了它的话。

"大哥知道很多我从没听说过的事,包括那道毁了梅树的雷霆。它说,那是我们妖怪修行第一个五百年注定要遇上的雷劫。它说,我很幸运,有梅树替我挡了天劫。"

说到这儿,雪宜原本冷漠宁静的脸上,悄悄滚落一滴晶莹的泪珠。

闭目听讲的小言,虽然没看到这抹泪光,但听到"大蛇"二字时,眉角忽地跳了跳。

稍微停了停，雪宜继续往下叙说，语气仍是不带一丝人间烟火："虽然大哥看上去很凶，但对我很好，可是那时，我不知道自己有多任性。有一天，我听说这山里有同样修行的人类，其中出过不少飞升的仙人，可能知道躲过天劫的办法。又听说，他们会一种神奇的图画术，能够把前面修行人积累的有用的东西记下来传给后辈。于是我就跟大哥说，说想学他们的'道'，却被大哥骂了一顿。

"那次我第一次知道，原来'人'对妖很凶，见了就要杀掉。但我有个坏脾气，想到一件事，就总是忘不掉。又过了好多年，想了很久后，终于让我想到一个学道的好办法，于是又去找大哥。这次，大哥没骂我，却一连好多天没理我。然后有一天，它跟我说，好吧，不过我们要等。

"等了很多年，我们等到了，等到了一位在山中'人'里身份很高，但年纪很小，本事应该不大的张堂主。后来，后来……"

说到此处，一直语调平静的寇雪宜却再也说不下去了。她一双眼眸中蓄积已久的泪水，霎时间如洪水决堤般奔涌而出，浸湿了整个清冷娇柔的面容。

"哦——"一直不动声色的小言终于睁开了眼眸。此时他手中的长剑，已从雪宜白鹅雪羽般粉颈间悄悄滑落。

看着眼前泪水四溢却又无声无息悲恸着的寇雪宜，小言忍不住叹了口气，道："寇姑娘，你不必往下说了。不过我还有一事不明，既然你已泄露了身份，却为何不逃？"

听得问询，寇雪宜又抽泣了一阵，才渐渐止住细小的悲声，语带哽咽地回道："我……我虽是妖怪，却也不是全无心肝。在千鸟崖上这么多天，我一直以异心对堂主，堂主却以真心对我。那次对群兽讲经，又知道堂主对我

们这些……我又如何能连累堂主，一逃了之？

"在上清宫这些时日，我也知道窝藏妖物是何等大罪。这次身份败露，雪宜只好守在堂中，等堂主回来发落。无论是一剑将我杀了，还是绑到掌门那儿说明情由，我都甘愿承受，想必他们也不会为难堂主……"

说到这儿，原本一脸凄然的寇雪宜突地决然说道："既然堂主已知内情，那就请快快动手吧！"

"……也好。"答过一句，张小言却未急着举剑，只是又接着淡淡问道，"对了雪宜，你记不记得自己曾说过一句话？"

"什么话？"

"说你愿意什么事都听我的。"

"不错，自然记得。"

"那你忍受这几日苦楚，是不是就为等我回来，不让我难堪？"

"是……"一心赴死的寇雪宜见小言不动手，只管问话，不知他到底是何用意，答话间便有些迟疑起来。

只听少年堂主张小言继续说道："嗯，那寇姑娘你听好了，刚才你也听得明白，我已跟赵无尘说过，你那藤萝缚人的法术是跟我学的。希望寇姑娘能继续帮我圆这个谎，不要让我难堪！"

"……"寇雪宜展眼望去，却看见眼前原本一脸凝重的小言，现在已换上了往日熟悉的笑容，这抹略带些促狭的笑意，在寇雪宜眼中，却如同三月春阳般灿烂温暖。

"呜呜……"目睹这明亮的笑容，纵使心中有千言万语，却也一时说不出口，落寞花颜上原已云收雨霁的泪水，现又滂沱而出，直哭得如同雨打花枝一般。

"哎呀！"一声脆嫩的叫声蓦然在两人耳旁响起。

两人转脸看去,原来一直在外面看山景的琼容循哭声而来,嘟着嘴,仰着小脸埋怨道:"哥哥,雪宜姐姐怎么哭得更伤心了?"

"你看,你雪宜姐这些天很想念我们,又受了坏人欺负,所以不觉间又伤心起来。我们先出去吧,让她好好静静。"小言解释道。

"噢!这样啊!雪宜姐姐你放心,我替你好好报仇!"被小言拉往门外时,小丫头还不忘回头安慰一声。

"咦?这么会儿工夫就不见了?赵无尘腿脚倒快!"小言走到袖云亭栏杆边往下看,却发现先前还在山下辛苦挪动的赵无尘,现在已完全不见踪迹。

"唔,如此也好。若是他真断送了性命,倒是后患无穷啊。嗯,幸好他没事……"

感叹一句,小言转脸问旁边的小姑娘:"琼容,你刚才一直在这儿,可曾见他往哪个方向去了?"

"……"听了哥哥刚才的感慨,琼容似乎有些迟疑,略顿了顿,才眨眨眼睛回答道,"我、我现在也不知道他去哪儿了。"

"是吗?"小言也只是随便问问,便没再说话。

略吹了会儿山风,静了静心绪,小言便跟琼容说道:"我去看看你雪宜姐姐好些了没。你一起去吗?"

"……哥哥你先去吧,琼容今天觉得山景特别好看,想再看一会儿!"

"哦?那就好好看吧。我先过去了。"说着,小言便撇下琼容,径自去看雪宜了。

半个多时辰后,黄昏降临在夏日的罗浮山。西边的云天上,鲜艳的红霞灿若锦缎,绚烂斑斓的火烧云铺遍大半个天宇,映得抱霞峰上的千鸟崖如同施展了旭耀煊华诀。

这时寇雪宜已经恢复正常，开始煮晚饭。

琼容今天特别乖，没再缠着小言玩耍，而是自告奋勇地去帮雪宜姐姐侍弄锅灶。

插不上手的张堂主，便只好在石坪上的林木边来回溜达，消磨饭前的时光。

别看他现在沐浴着一身霞光，优哉游哉地来回闲逛，浑似没事人一般，其实内心里着实不能平静。尤其是一想到刚才雪宜跟他说的话，小言便觉得头皮一阵发凉："没想到，自己身边竟一直待着个时刻想要自己性命之人！"

原来，雪宜方才告诉小言，自当初他救她那一刻起，她便暗自决定，要忍辱负重，等学到上清宫真正的道法，再亲手将杀死蛇兄的仇人杀掉。

"只是，"听到这个词，当时正转身欲逃的小言才暂安下心来，听雪宜继续叙说，"只是那晚听到你召引群兽听经，说出那番肺腑之言，我就……我就心如刀绞。那一刻我已知道，大哥的仇，自己是无论如何都报不了了……"

"我是不是个很坏的妖怪？"说到这里，雪宜抬起头来，泪眼蒙眬地看着小言。

"当然不是！"看着寇雪宜迷蒙的泪眼中竟隐隐闪现出几分绝望的神色，小言暗暗心惊之余，回答得自然斩钉截铁般干脆。

为解开雪宜心结，小言委婉地告诉眼前这个梅花仙灵："人间的门派，最重脸面，尤其是上清宫这样的名门大派。虽然自己不才，但好歹也是上清宫中一个正职堂主，若是那次死于非命，无论是你还是你大哥，都绝逃不过上清宫雷霆般的手段。这一点，你那个蛇大哥不可能不知道。"

听到这里，寇雪宜神情复杂地微微点了点头。毕竟，为了混入人间教派，她也曾花了好多年仔细观察过这些人情事理。这道理，她是懂的。

此时小言在闲逛中回想起刚才那番交谈，不免又想起那次遇险情景。

与雪宜之前的话一相印证,他却有些疑惑:"为何她大哥会中途变卦,要真的对我下口? 莫非它不知道杀我之后的后果? 这不可能。对了,当时恍惚间,似乎它盯着我瞧了一阵,然后才凶性大发。嗯?! 难道我这脸长得如此凄惨,便连那妖灵都忍不住要除之而后快?"

清俊的小言苦笑一声,忍不住抹了抹自己的脸。

"不知晚饭还要多久才好……"溜达到此时,小言觉得自己有些饿了。

就在这时,忽听得身后四海堂石居侧屋中,咳咳之声大作。转身看去,却看到正有一股浓烟从厨房门窗往外一阵猛冒,然后便见两个女孩子一路咳嗽着跑了出来。

"呀! 是不是失火了?"小言见状大骇,赶紧截住那个正吐着舌头不住喘气的小丫头,问她是不是屋中失火了。

"咳咳! 是失火了。咳咳,我只想帮雪宜姐姐烧火,嫌火不够旺,就、就放了把火。又太旺了,就泼了些水。咳咳,待不住就出来了!"

"原来如此!"听琼容一番描述,小言顿时放下心来。

"呼呼! 又活过来了! 哥哥你不要担心,我再去刮一阵风,保管这些烟马上跑掉!"自觉闯了祸的小丫头,决心将功补过。

"别别!"小言赶紧将冲动的琼容从身后一把拉住。

"琼容啊,刮风能刮跑的,可不只是烟! 咱还是等烟自己散了吧,不着急。"

"那哥哥不饿吗?"

"……不饿。你看——"

小言将脸略朝晚霞方向侧了侧,映照出一副红光满面的样子来。

"嗯! 还真不饿。那好吧,嘻嘻!"

张小言堂主剿匪凯旋的第一天,就在这场混乱不堪的烟火中临近结束。

"唉，终于可以睡个安稳觉了。"小言满足地叹息一声，躺倒在床上准备安歇。

今天是七月十二。如果说头几天是弯月如弓，那今晚的月亮，便已是拉满了弓弦。皎洁的月辉，正透过木格窗棂，洒在小言身上。

月夜如此静谧，小言却一时睡不着。蓦地，似是突然想到什么，突地翻身下床，吱呀一声推开门扉，轻手轻脚地走过铺满月色的石坪，来到一间小屋门前。

"哒、哒。"在门扉上轻轻敲了两下，小言压低了声音说道："寇姑娘，你睡了吗?"

屋内沉默片刻，便听得一个女声低低地回道："堂主，我睡了。"

小言默然，在屋外徘徊了两圈，又忍不住折返回去，隔着门说道："雪宜，我有件很急的事，只想今晚就跟你说。"

这次轮到屋里沉默。一阵静谧之后，才听得一个声音梦呓般低低说道："好吧，你……等一下。"

"好的!"已等得万分焦急的小言顿时松了一口气，只听他说道，"寇姑娘，我们到亭子里去说吧!"

"……"

只听屋内一阵窸窸窣窣之声，没多久，便听门扉吱呀一声响，寇雪宜已站在小言面前。

于是，二人便踏着月色来到袖云亭中，由寇雪宜讲解藤萝缚人之术给小言听。

原来，刚才小言躺在床上正要睡觉，却突然想起一句话，顿时就出了一身冷汗。一天忙乱，直到此时他才记起，今日回山复命之时，灵虚掌门曾吩咐过，要自己明日上午巳时到飞云顶找他一叙。

那时候,小言心乱如麻,浑记不起当时灵虚子的脸色。心中忐忑的小言不免联想起今日这事:"莫非赵无尘聒噪之事,已传到掌门耳中?明日这趟,便是要我与赵无尘对质?"一想到这儿,他便再也睡不着了,赶紧起来寻雪宜,让她跟自己说说藤萝缚人的法术。

这一番月夜交谈,直说到更深之时。其时,皓月皎皎当空,花荫徐徐满地。袖云亭斜月清辉中,两人俱压低了声音,生怕搅扰了琼容的美梦。

虽然到最后小言还是没能习得此术,但雪宜和辩说不清的琼容不同,一番问答下来,倒让小言大致明晓了其中之理。若是再加上那一手花开顷刻的法门,估计明日一番辩驳下来,他也不是全无制胜之机。

月色西斜时,二人便返回屋中各自安歇。

等到了第二天上午,小言揣着满腹心思,径直来到飞云顶澄心堂中。

小言刚迈进澄心堂,眼光略往里一扫,就被吓了一跳。原来,厅堂之中除了掌门师尊灵虚子之外,崇德殿首座灵庭子、紫云殿首座灵真子、弘法殿主持清溟道长,四位上清宫高位之人,竟一齐在堂中候着他。

看到这阵势,张小言心里只觉一阵发虚,更来不及细看堂中是否还有其他人。只不过,虽然他心下惶恐,但既然来了,也就没道理临阵退缩,否则那岂不是不打自招?

想到这儿,小言只好硬着头皮上前团团一礼,敬道:"四海堂张小言,见过各位尊长!"

"小言,就等你了!"灵虚子劈面便是这么一句。

还没等小言惊悟过来,便听灵虚子接着道:"今日正有一事,要着落到你身上!"

"啊?!"

"是这样的,四海堂是我上清宫中俗家弟子堂,往常偶有俗家弟子入山修习,便需你这位四海堂堂主多加管教。"

"啊? 是这个呀……"

"嗯? 张堂主你怎么神色古怪? 是不是染了什么病?"

"呃,不是不是,其实是刚才一路急赶……咳咳,嗯,现在好多了,请掌门继续说,小言洗耳恭听!"

"好,那便简断截说。今日有一俗家女弟子,要来罗浮山中修行一段时日,需住到你那边去。"

"哦! 原来是这事。"

俗家弟子堂张堂主,原本担着天大心思,直到此时才完全放下心来。

略一品味掌门方才的话,却觉得有几分疑惑,便道:"禀过掌门,原来似曾听清柏道长说过,说是若有俗家女弟子上山学道,都须暂住到郁秀峰紫云殿灵真师尊处,不知这次怎么……"

"不错,本来确是这样。只不过这次——"

灵虚子正说到这,却听得一个声音说道:"原来,张堂主真个不记得小女子了!"

仙籁般的声音响过,便见灵真子身后转出一人,正笑吟吟看着小言。

"是你?!"一睹此人容颜,小言顿时一阵眩晕,一时几乎说不出话来!

第四章
雨打平湖，涤去几年幻梦

忽闻盈盈笑语，小言心中诧异，赶紧朝转出之人看去。说话之人有琪花琼蕊之貌、飘烟抱月之姿，不正是那个曾与他同看鄱阳烟波的女孩小盈吗？

这一次，小盈以本貌炫装而出，濯濯如春日柳，滟滟如水芙蕖，真可谓神光离合，顿时让她站立之地成为一处众人不敢直视的所在。

正在四海堂堂主张小言一阵头晕眼花之时，忽听盛装女孩启唇说道："知堂主多忘事，幸亏小盈带得信物来。"

说罢，便见她从覆着一圈珍珠璎珞的纤腰间，解下一只锦绳系着的小竹杯，递与眼前呆怔之人，笑吟吟道："请堂主查验好，杯上字画可是真迹？"

这只略泛青黄的小竹杯上刻有扁舟一叶、水波几痕、远山数抹，那几个朴拙的"饶州留念"，正是去年那个夜晚，小言在马蹄山上就着熹微的月光刻成的。

目睹已略带斑驳的小竹杯，霎时间往日鄱阳湖上的涛声水声、船声桨声，似乎一齐又在耳边回响。没想到，此生竟还能再见到小盈！

过了一阵，乍睹故人的四海堂堂主已从初时的震惊中清醒过来，重又恢复了常态。

摩挲着手中的竹杯，小言这才想起女孩刚才的问话，略作一番端详，温言答道："查验无误，原来你还真是小盈！"

将手中竹杯递还，小言撩起颈中挂着的那枚玉佩，含笑说道："你这枚玉佩，我也时刻戴着。"

见小言回复了正常，眉目楚楚如仙的小盈望着小言手上那块晶润的玉佩，微微一笑。

见两人如此，灵虚子、灵庭子二人在旁相对一笑。便听灵虚子轻咳一声，说道："既然小盈姑娘与张堂主是旧时相识，那正好便可住到千鸟崖上，也好叙叙离情。"

听灵虚子说话，小言完全清醒过来。小盈住到自己那里，自己自然是求之不得，又怎还会有啥疑虑。只是，小盈这丫头，怎么成了上清宫俗家弟子了？

见小言疑惑不解，灵虚子便略略解释了一下："小盈姑娘幼时身娇体弱，生了一场大病，幸得师弟灵成相救，于是便拜在我上清宫门下，修习炼气清神之法。"

"原来如此。"

"好，那小盈姑娘入住四海堂，你再无疑义了吧？"

"当然，小言求之不得。呵！不知掌门是否还有其他什么吩咐？"

见着澄心堂中几位道尊都在，想必绝不会只为这点小事，说不定接踵而至的，便是自己与赵无尘对质之事。却听灵虚子说道："嗯，今日召你来，便是交代这件事。小盈姑娘身娇体贵，你可一定要好好保她安全！"

嘱咐这话时，灵虚子竟是一脸凝重，绝不似普通的场面话。

"那是自然！小盈是我老朋友啦，我自会全力保她周全。"

"那便好。来，你收下这个。"说着，便见灵虚子反身从身后石案上取来一只黄铜铸就的蟾蜍盒子，递到小言手上，嘱道，"若崖上遇得危险，你便按下蟾蜍的眼睛,我飞云顶便可知道。"

"好!不过……这只铜盒又如何示警?"小言不解地问道。旁边小盈看着也甚好奇,不知这小小蟾盒,又如何能隔山示警。

只听灵虚子耐心解释道:"小言,你可曾听闻这世上有比肩之兽?古经有云:'西方有比肩兽焉,与邛邛岠虚相比,为邛邛岠虚啮甘草。即有难,则邛邛岠虚负而走。其名谓之蹶。'这盒中,正是用我上清宫秘法豢养的蹶,平素不虞饮食;邛邛岠虚,便在我飞云顶上了。"

"原来如此!"一席话听来,小言觉着颇长见识。只不过,见灵虚子如此郑重,竟似如临大敌,小言倒觉得有些过虑了,便跟掌门说道:"其实掌门有所不知,我千鸟崖地处幽僻,一般也没谁会来搅扰。"

说此话时,小言心想赵无尘吃了昨日的亏,以后应是不敢再来崖上聒噪。

却听灵庭子在一旁忧心忡忡地插话道:"张堂主不可掉以轻心,近来罗浮山也不太安稳。昨日我崇德殿中便出了一件怪事:座下弟子赵无尘,不知何故竟整夜失踪。初时与他相近的弟子也未在意,谁知一大早竟发现无尘倒在一处泉涧边,衣衫褴褛,遍体鳞伤,已是奄奄一息。

"看他手足上那几个尖锐牙印,想必应是无尘出去寻幽访胜之时,不防遇到了山中猛兽,而且瞧牙印形状,似乎还不止一只!唉,瞧他的情形,看来不歇上两三个月,神志是不得清醒了……"

"啊?竟有此事!不知是在何处寻得,是不是在我千鸟崖附近?"问这话时,小言脸上流露出发自内心的关切之情。

"不是,小言请安心,那处泉涧离千鸟崖甚远。不过,咱们还是不能掉以轻心。"

说到这儿,灵庭子又有些奇怪地自语道:"怪哉!罗浮洞天中的山禽走兽,大都受了洞天灵气的陶化,应不会这般凶暴,莫非真与那有关……"

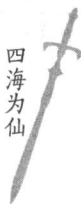

刚说到这儿，便听灵虚子截住话头，道："师弟，今日小盈姑娘旅途疲惫，咱就早些让她回千鸟崖上安歇吧。那些冗事，咱们还是以后再作商议。你们二人便先去吧。不过记得不要去太过偏僻的地方，以防被野兽伤着。"

顿了一下，想了想，灵虚子又添了一句："若有凶兽恶徒来你崖上喧扰，你便权宜行事吧。如有必要，格毙勿论！"

"谨遵掌门之言。"小言不再多言，领着小盈退出澄心堂，径返千鸟崖而去。

他们身后隐隐约约传来几句话语，听那声音，正是为人方正的清溟在争辩："掌门师尊，既然山中甚不平静，不如还是让小盈姑娘住入灵真师姑的紫云殿中……"

"不行！"斩钉截铁般的回答，从灵虚子和灵庭子口中不约而同地说出！

小言与小盈两人一前一后走在盘曲的石径上。两个好伙伴，分别这么久，现在终于再次相逢，却一时都不知道该说什么好。往日未曾相见时存下的千言万语，此刻却都似堵在了心头。

过得一阵，小言觉得这样的静默好生尴尬，想了一下，便略略放慢脚步，跟身旁的女孩说道："小盈，怎么不见你带衣服包裹来？"

"小言，你终于肯开口了吗？"一直不好意思先开口的小盈，喜滋滋地说道，"我现在是你堂中弟子，这一应开销，当然要由你负责！听掌门伯伯说，你最近因为协助剿匪有功，从官府那里得了不少金银，你可不许给我省钱哦！"

"呵呵！那是当然。只不过，"看着身旁女孩身上那套华光隐现的雪色裙裳，小言却变得有些迟疑，"即使我再不吝惜钱财，可咱这山脚下传罗县城中，无论如何也没你这等华贵的裙服卖……"

"堂主你放心，只要你堂中其他女子穿得，我便穿得。"

"呵！原来你都打听清楚啦……"

话题一开，两人便都抛去了原先的拘谨，似乎重又回复到了去年那几日相聚的光景。

往日那一幕幕，似乎又从心底泛起，重又鲜活在自己眼前。轻言笑语之间，仿佛闻到了一丝鄱阳湖的微腥水汽……

"小盈，现在还早，堂中应该还没备下饭来。我先带你去一个地方吧，保管你喜欢。"

"好啊！"

"只是，那地方有些远。"

"放心吧，我能行。不过……刚才师尊们不是说，不要去太过幽僻的地方吗？"

"哈哈！"小言哈哈一笑道，"小盈你放心吧，有我张大堂主在，自然是百无禁忌！"

"那便好！"小盈还是一如既往地相信小言。

大约半晌之后，两人便身处在罗浮山中那片莲花湖里了。

一叶竹筏载着两人，在满湖碧荷之间悠悠荡荡。

现在正是荷花盛开的时节，铺满大半个湖面的青碧荷叶间，朵朵娇艳的荷花高擎水上，多与人面相齐。小盈侧蜷在筏后，小言跪坐在筏头，攀着两旁的荷茎菱叶，让竹筏在满湖青碧中划出一条曲曲折折的水路。

此时天光大好，四围晴峦染翠，一派出尘景象。望着一湖花色，闻着满鼻荷香，小盈忍不住赞道："真美啊！"

听得赞美，小言回头看了一眼小盈，笑道："荷花确实很美。这般天气，正好可以给你看看我学过的一样法术！"

"好呀。"小盈盈盈笑道。

于是小言取下从不离身的玉笛神雪，站于筏头，开始吹奏起那首充满云情雨意的仙曲《风水引》来。

一时间，清润悠扬的笛声，在满湖青碧中悠然响起。只不过，虽然笛曲好听，法术展示的结果却有些偏离了本意。原本，小言只想引来些乌云，遮蔽头顶的日头，却不知是还不能随心所欲控制火候，又或是心情紧张导致发挥失常，过不多时，自莲荡上方聚起的淡墨云阵中，竟纷纷扬扬下起一场烟雨。

这阵雨丝，如烟如雾，染湿了满池的浅翠娇青；大些的雨珠，则跳荡在荷叶湖面上，一时间满湖都是雨打莲荷之声。如此烟雨荷塘中，小言二人久别重逢，正似：

> 依然水枕风船，
>
> 重向烟波寻旧梦；
>
> 何必淡妆浓抹，
>
> 一空色相见天真。

见自己法术失常，淋湿了小盈，小言大为尴尬。

正想道歉，却见小盈见着满湖烟雨，竟似更加高兴。见雨雾齐来，她忙折下两片阔大的荷叶，一片递与小言，一片顶在自己头上。小盈顶着荷笠，还对小言盈盈一笑，似是颇有些惊讶赞许。

过了一会儿，就在二人神思有些缥缈之际，却已云收雨霁。

四围里，山色如黛，翠树欲流，东天外正挂着一道淡彩的霓虹。正是：

> 飘然凤雀出樊笼，醉受遥香淡淡风。
>
> 且作蝉栖绿柳外，愿为鱼跃翠茎东。
>
> 浮天竹盏三千碧，映水宫衣十万红。
>
> 涤尽几年尘上梦，君心应似藕玲珑。

第五章
凭栏看剑，窥见身外之身

待得云消雨霁，小言与小盈二人便穿过层层叠叠的莲叶，将竹筏划回岸边。

上得岸来，又坐在湖边青石上晒得一阵衣物，小言便取过石上那只铜蟾盒，和小盈一起回转千鸟崖。

经得这场烟雨，现在眼前的山景显得格外清明通透。瓦蓝瓦蓝的天空，看着都觉得有些晃眼。

归途中，小言在石径旁边的斜坡上，又见到了那位醉心寻宝的同门弟子田仁宝。

见得熟人，小言便侧身朝坡下打了一声招呼。听得上面有人喊自己的名字，田仁宝也在百忙之中抬起头来，仰脸答道："好啊！哦，原来是张……"

话才听他说到一半，却冷不丁瞧见这位同门突地目瞪口呆，那张圆胖脸上正呈现出忘乎所以的神色。一瞧这模样，小言暗叫不好，赶紧出言提醒道："田兄，小心脚下！"

却已是迟了。话音未落，攀在半山坡的上清宫弟子田仁宝早已滚成一只圆团葫芦，眨眼间便滚落到山脚之下！

不过幸运的是，这处山坡并不陡峭，田仁宝所攀之处离山脚也不远，因此这番意外才没酿成两天内第二桩落山惨剧。

田仁宝只在山脚稍略停了一下，便爬起来舒展开手脚，朝山上遥遥致意。看起来，这位仁宝道兄已经习惯了这样的意外。

回到千鸟崖上，小盈很快便与四海堂其他两位成员打成了一片。

刚开始见到这位陌生的姐姐，琼容居然还有些怯怯的，不怎么敢和她说话，只在小盈不注意她时，才偷偷地扑闪着眼睛，打量这位仙女般的新姐姐。

只不过琼容这样的认生只持续到午饭时。吃过午饭，小姑娘便已经"小盈姐姐""小盈姐姐"地叫开了。四海堂堂主才来得及略略介绍一遍，这三个女孩子，便已经凑到一块，无比融洽地聊起天来。

小盈来到千鸟崖后，白天一般都到郁秀峰紫云殿中跟灵真子修习养气清神之术。若得空闲，她便代替小言，教授雪宜、琼容习文练字。

通过几天的观察，小言猜测小盈的爹妈跟罗浮山诸位道长确有些交情。这不，上清宫一般弟子都带不回住处的道法典籍，小盈竟都能借回。

这些典籍，小言先参详一番，然后便讲解给琼容、雪宜听。这两个四海堂堂主直属弟子中，琼容对法术修习一向是无可无不可，寇雪宜则不同，对她来说，小盈带回的每一册道家法典，都显得格外珍贵。

由于自己堂中这两名女弟子来历都有些骇人听闻，小言在给小盈介绍时，难免语焉不详，多有含糊之处。因而，现在见着清灵雅淡的寇姑娘如此好学，小盈惊讶之余，心下倒颇为敬佩。

有了火云山战事的教训，每到晚时，张小言都会在袖云亭中行"炼神化虚"之法，将充盈于罗浮洞天的仙灵之气炼化成自己的太华道力。

约莫回崖后的第四天，这一晚正是月满如盘。银色的月轮，高高悬在罗浮山万里云天上。在崖前赏了一会儿月，几个女孩子便进屋闲谈去了，小言

则留在袖云亭中开始一天中最后的例行功课。

值此月半之时，小言那把怪剑，自然仍是陪在他身旁，一起呼吸月夜洞天中灵妙的天地元气。

一番炼神化虚之后，小言手握古剑，开始修习起驭剑诀的感应之术来。

月光笼罩下的罗浮洞天，显得无比安详宁谧。千鸟崖上氤氲的雾气，悄悄沾湿了小言的衣襟。

在这样静谧安宁的山中月夜，手握古剑的小言竟倚在栏杆上渐渐睡着了……

"我这是到了哪里？"昏昏欲睡的小言，忽然发现自己已到了一个陌生的地方。

这地方，是如此奇异，没有天、没有地，他整个人都似飘荡在无穷无尽的黑色夜空中，手足无所凭依。

小言不知发生了何事，见着这古怪诡异之处，心下生出一丝害怕来。

正在六神无主之时，忽听得身旁一声浅笑，蓦地转眼看去，似乎有一个女孩从旁边一闪而过。

"等等我！"小言来不及思考，便飘飞着追了上去。

方才这飘然而去的姑娘，似小盈，似灵漪儿，似琼容，又似雪宜。或者，又都不似。小言没有细想是谁，只觉得这个姑娘自己是如此熟悉。

只是，四处无所凭依，任凭自己如何奋然发力，却只是飞不快。焦急中，只听浅笑在前，却始终追她不及。

正在苦恼间，忽听得哗然一声，如同黑色幕布被撕开一处，身周无穷无尽的黑暗猛然退去，变得明朗起来。

转眼之间，他便发现自己已在一片混乱不堪的战场中。身旁晃动的尽是光怪陆离的人身兽影，耳中听到的尽是稀奇古怪的狂呼乱叫。

"我又来到火云山了吗?"正在心中奇怪时,却看到自己已变成一柄硕大无朋的奇异兵刃,从万里云涛中破空而来,朝这些纠缠厮杀在一起的怪人怪兽扫荡而去。

须臾间,昏暗的天地已玉宇澄清,满天的星斗灿若少女的眼眸。清朗的日月东升西落,不断交错。转眼一瞬,似乎便已过了万年。

恍惚间,仿佛曾有一只软壳的小蟹,悄悄爬过自己冰冷的身躯,留下几滴咸涩的水迹;又似有一只雄俊的云鹰,曾在自己身旁呼啸飞过。

在这刹那万年中,似乎曾有四季颠倒之时;又看到"自己"这把剑刃,奋然飞起一点流光,与北斗天罡六星争斗,然后便化为北斗第七星,处在杓头第一位,引领群星,指东为春,指南为夏,指西为秋,指北为冬。

似乎又曾有痛苦憎恶之时,于是飞出千万条蛟龙,汹波蔽日,水浪横空,陆地汪洋,一日千里。

恍惚间,似有千万人在向自己祷告,又似有千万人在一人带领下,围堵疏导,努力将恣肆的洪水东引入海。

小言极力想看清那人面目,却只是一片模糊。

挣扎着要睁眼时,却发现滔天的洪水,突然间反扑过来,要将自己淹没吞噬……

转眼就要灭顶,小言却在此时猛然惊醒。睁开惊恐的双眼,他发现自己只是在高崖上的石亭中。

睡眼微展,却发现银洁的月华已经悄然逝去,一缕鲜红的晨光,正穿透东天外万里云涛,映照在怀中那把苍然的古剑上。

"呃?"蓦然间,正揉着蒙眬睡眼的小言,发觉似有什么异样。他睁大双目,便看到眼前那缕明烂的阳光,正照亮黝色剑身上两个古朴的篆字:封神。

惺忪的睡眼犹未适应熹微的晨光,阳光灿耀的二字,据满了小言整个

视野。

"封神？"小言揉了揉双眼，再往四处瞅瞅，终于确认现在并不是在做梦。

"这就是剑的名字吗？封神……好大的口气！"

心中将这二字反复咀嚼了几遍，再回想起自己刚刚做过的离奇怪梦，小言忍不住想道："这剑灵，是不是又在和我逗趣？封神，说不定只是当年铸剑人的名字吧？嗯，这前辈姓封，单名一个'神'字。"

胡乱想到此处，心中倒是一动："这剑名有了，但不知这剑灵有没有名字？若没有，那我也就不客气了，正好无事，便来帮它胡乱取个！"

刚想到此处，还没等他与剑灵感应，眼前剑身上那两个篆字已渐渐扭曲着形状。等揉了两三下眼睛再去看时，却发现原本剑身上的"封神"现在已变成了另外两个字。这两字笔画歪扭，虽然自成一体，古拙自然，却殊为难认。翻来覆去辨认了半天，才认出两字为：瑶光。

"瑶光，这应该是剑灵的名字吧？瑶光、瑶光……这词倒似乎挺熟，只是一时想不起来是啥。哈！这剑会写字，倒是有趣！"

想到这节，小言忽然想起一事，便在心中对眼前古剑封神默默祝道："神剑啊，不如这剑上之铭就写成'小言之剑'，如何？"

祷祝未毕，却见神剑微颤，嗡然有声，似是呵斥一声，小言赶紧再去感应时，剑却已毫无响动。

"其实我只是开个玩笑，呵！"见剑灵瑶光不再搭理自己，小言只好讪讪笑着自我解嘲。

"哥哥，早上好啊！你起来了吗？"

问候如此礼貌热情，一定是可爱的琼容妹妹。回头望去，正是琼容、小盈她们已穿戴整齐，要来冷泉旁边洗漱。

"小盈，你来得正好，"待小盈来到亭中，小言便开口问她，"你读书多，帮我看看这俩字啥意思。"

说着，小言便将封神剑递与小盈。

小盈执剑端详半晌，略略思忖一下，便将铭文涵义告诉身前少年："瑶光，北斗杓头第一星。"

"哦！原来如此。小盈果然博学多才！"小言闻言恍然，忍不住赞叹了一声。

听他赞叹，小盈略有些脸红。琼容小姑娘则是一脸欣羡，心中正憧憬着："小盈姐姐读很多书，总能得到哥哥称赞。要是琼容有一天，也能像她那样读很多书、写很多字，就好了……"

再想到自己那一手狗爬字体，小丫头便一脸黯然。正在此时，却听小言惊声说道："北斗杓头第一星?！原来，昨晚这梦并不是完全荒唐。"

当下，小言便把袖云亭中这场怪梦，跟小盈几人讲述了一番。虽然梦中之事他向来只记得大体，但偶然流光飞起，化身北斗第七星，与天罡六星争斗之事，却还是记得清清楚楚。

"难道此事竟是这剑亲历？又或是有何寓意？"

小言遂与小盈等人细细参详，只是总不得正解。最后，四海堂堂主下定决心："等哪天下山巡田，去传罗县街上转转，寻个星相摊，让他帮我解解这怪梦。"

之后，小盈与雪宜各自整理衣妆去了，只有琼容还站在小言身边，仰脸问道："哥哥，你经常做怪梦吗？"

"也不经常！只是近来多些，可能有些嗜睡多梦吧。也不知和前些天去火云山剿匪有没有关系。"

"嗯！琼容最近也经常做怪梦呢！"

"哦？什么梦呀？"

"我梦到喷火的大山,还有掉不到底的大河!"

"还有呢?"

"就这么多了!我每次都梦到好多东西,可醒了就只记得这两样!"小女孩一脸快快。

"是吗?呵!其实做梦都这样,也没什么稀奇。冒火的大山嘛,应该就是上次去的火云山;掉不到底的大河……哈!是不是上次看到那个坏家伙掉下山去,才做这梦的?"

这时小言倒没想去寻什么星相摊,自己便竭力帮着小女孩解起梦来。

确实,相对琼容平时许许多多的古怪念头来说,她刚刚所说的怪梦,听起来并不奇怪。原本,小言还预备着听到更为离奇的事呢。

小言胡乱说了一通,便见小姑娘被逗得咯咯咯笑了起来,然后便似觅食的鸟儿般雀跃着蹦到冷泉旁,让雪宜姐姐帮着洗脸。嗣后,小言也踱到岩泉边,撩起寒凉的泉水清洗脸面口牙,然后便端坐到袖云亭中,让寇雪宜帮着梳理好发髻,戴上逍遥道巾。

又过了四五天,这天下午,小言在袖云亭中参研上清宫飞月流光斩技法,用心研读了一会,似略有所得,便放下卷册,站起来略舒了舒腰身,歇息一下。

他向远山浮云眺望一阵,又朝对面山上永不停歇的流瀑呆呆出了会神。依稀可辨的流泉淙淙之音,正与葱绿山林中吱吱蝉鸣声一起断续传来。

流翠的青山、徐来的清风、悦耳的泉声,让山中的夏日变得格外惬意清凉。

正享受着自然造化的恩赐,小言忽觉着四下似乎有些过于清静。略一思量,便知道为何这样了。轻手轻脚走到一间石居侧屋前,隔着棂窗望进去——

呀！果然不出所料，原本正应读书习字的琼容、雪宜，现在都已经伏案悄悄睡着了。

安憩着的雪宜，仍保持着清冷秀淡的姿容；侧伏在案的琼容，头脸枕在臂上，小嘴微开，口鼻一张一合，嘴角旁隐约有一道水痕，恰似粉荷露垂。显然，小丫头正午梦香甜。二人两臂之下，犹压着几张写了字的纸，上面仍有未干的墨痕。

"这姐妹二人，也不怕墨汁弄污了手臂。"心中这般想着，小言便抬腿走进屋内，要替她们抽出那几张枕着的纸。

待进得屋内，小言才发现，原来地上也三五零星地散落着几张纸，想来应是穿窗而入的清风将它们吹落的。

小言漫不经心地捡起来，正准备放回案上，想了想，又将它们举到眼前，要浏览一番，也算是检查她们的课业了。

只是，这顺便一看，却让小言大吃一惊！原来，在他出门去亭中读经前，曾教二人摹写《南华经·逍遥游》中简单的一段："若夫乘天地之正，而御六气之辩，以游无穷者，彼且恶乎待哉！故曰：至人无己，神人无功，圣人无名……"

按理说，他举起观看的这张竹纸上，应该是一纸春蚓秋蛇般的字迹，但现在展现在他面前的，却是满纸的灵动飘逸！

"这字，写得既清且丽，既凝且逸，飘飘乎竟似有凌云之意！是'飞白'字体？却又不似，即便飞白，也无这般清逸……"

惊叹之余，小言心中大疑："这俩女孩，绝写不出这等好字来。难道是小盈今日出门前所写？也不对，小盈的字体雅媚中内蕴端秀，与此大不相同。况且，这纸上墨迹分明仍未干透。"

再看看其他字纸，却更让他惊讶，《逍遥游》中后面他没教到的生字段落，现在竟也被同样飘逸秀美的字体大段书写在上面。

"怪哉！不知是谁写的。莫非是有哪位雅士高人悄悄来访,留下墨宝后却又不辞而别?"

心下实在好奇,便忍不住推醒这两个偷懒的学生。

只是询问、测试的结果,却又让小言大吃一惊。原来,这满纸仙逸不凡的字,竟是四海堂中的后学末进琼容亲笔书写!

只可惜,面对如获至宝的小言的反复盘问,小姑娘只是一口咬定,她自己也不知道是怎么回事,睡觉前迷迷糊糊的,正打着哈欠,突然就觉得自己会写这些字了,也能写得比以前好看些了,原本还以为是在做梦呢!

"岂止是好看些而已。"听着琼容的叙述,小言心中暗自嘀咕,"看来,这小姑娘身上还真有不少出人意料的神奇之处。也不知琼容是否真从小生长在罗阳的山野竹木间,这字咋突然就写得比我都好了?!"

心中狐疑之余,忍不住又盘问一番。只可惜,小姑娘对自个儿的来历,向来便说不清楚,现在又突然发现自己也能写出好看的字,识得以前从不认识的生字,端的兴奋非常,于是口中答话,变得更是云里雾里,让人摸不着边际。因而问过三五句后,小言便放弃了盘问,只来得及反复回答:"是啊,妹妹,你这字真的很厉害!"

这答话反复说出,前后得有十三四遍。

寇雪宜在一旁看着,替小丫头高兴之余,心中也十分羡慕,她已暗暗立下志愿,即使自己头脑笨些学得慢些,但只要努力坚持下去,相信总有一天也能写出好看的字,看懂深奥经书,进而……也能得到堂主的夸赞!

略去小丫头在那儿兴奋跳闹不提,等到傍晚小盈从郁秀峰习法归来,琼容便似献宝一般,扯着小盈来看自己写的字。结果,小姑娘却哭丧着脸来找她的小言哥哥叫屈。

刚才郑重其事准备展示书法给小盈姐姐看时,琼容却发现自己的字迹又回复了往日蟹爬模样！于是，她便拉来哥哥作人证，向小盈姐姐证明那几张好看的字，确实是她书写。

后来才知，琼容这识字写字的怪异才能，竟是时灵时不灵，连小言也想不通到底是何道理。

日子，就在这样的清幽与笑闹中交错度过。不知不觉，又过了十多天，正是八月出头，又到了一年中秋高气爽的时节。再过几天，便是八月中秋了。

这一日上午，和琼容逗笑完毕，正准备修习法术之时，小言却忽听得唏唏呖呖一声清唳。转头看去，却是门侧那对石鹤喙中正缭绕起两缕青烟。

石鹤报信，想来应是飞云顶有事相召了。

第六章
弄月放歌，惊天千秋魂魄

"依稀记得上次灵庭真人欲言又止，似是山中有事。不知这次飞云顶相召，是否就是商议此事。"

赶往飞云顶的山路上，四海堂堂主张小言正猜测着这次飞云顶因何事相召。

小言无论如何也没料到，今日飞云顶相召，他竟成了主角！

原来，南海太守段宣怀今日亲上罗浮山，代朝廷颁下玉牒文书，加授饶州籍上清宫道士张小言为中散大夫。

接受太守所传谕旨之时，新任散官张小言直听得晕晕乎乎。具体词句几乎记不得，只知道大意是说他家世福德深厚，有仙山得自然造化在先，又有勤修道德、助剿除魔在后，因此，经南海郡中正官累日寻访观察，认定上清宫道士张小言名绩卓异，为人纯孝，便奏请州府报与有司得闻，特赐其中散大夫之秩。朝廷准报，并赐饶州城郊上好水田百亩，以为张小言父母养老之资……

这一番谕旨，当时听在小言耳中，真赶得上小盈口中说出的灵籁仙音了。对他来说，这真是突如其来的天大喜事！

在飞云顶吃过饭，走在回千鸟崖石径上的小言，脑袋还是晕乎乎的。太守、掌门、师祖师伯们席间的恭喜话，仍轮番回响在耳边。脚下坚硬的石道，变得似棉花一样绵软，走在上面两脚都好像借不到力气，整个人都似要飘飞起来。

"呵！如果现在练练御剑飞行，说不定能成功……"新任中散大夫张小言脑袋里突然冒出这样一个念头。

他回到千鸟崖，第一件事就是让力气最小的琼容在自己胳膊上狠拧一把。小丫头向来最听小言哥哥的话，于是就真的拧得张堂主一声惨叫。

"不想小丫头竟有这等大力气！"

确认过并非在梦中之后，小言便跟堂中两位成员郑重宣布了这个好消息，并拿出玉牒文册让她们传看。

虽然，雪宜、琼容并不大了解这个头衔的意义，但听小言一番解说，也大致知道了这称号来之不易，算是一份殊荣。于是，四海堂上下便准备大肆庆祝一番。琼容跑去山中寻找香美的秋果，雪宜精心烹煮美味的菜肴，小言则打开酒坛的封盖，准备等小盈回来后好好庆祝一番。

今日小盈倒是回来得挺早，小言回来后没多久，她便从郁秀峰回来了。听得小言兴奋相告，小盈也十分高兴，向他祝贺道："恭喜堂主得此殊荣。再过几年，说不定就能出将入相了！"

听她这打趣话，小言自然是不放在心上。

等琼容从山中采摘归来，四海堂庆祝晚筵便在袖云亭中正式开席。

亭中石桌上已铺排开果盘饮食，四只石盏中已斟满清醇的米酒。只等张堂主一声令下，三位堂众便次第入席，在斜阳晚照中推杯换盏起来。

自然，除了小言杯中是原汁原味的米酒外，其他三人酒盏中，都已勾兑了大半杯冷泉之水。饮用之前，小盈又将石杯中的酒水倒入小言相赠的那只随身竹杯中,说她已经习惯用竹杯饮酒。

晚风清徐,夕霞明媚,过了没多久,袖云亭中的宴席上便已是杯盘凌乱。

小言酒量甚佳,陪这几个女孩喝酒只能算小饮。但她们几个,杯中虽已勾兑泉水,却仍是有些不胜酒力。不多时,琼容、雪宜粉颊上已是两片酡红。小盈酒力似乎比上次马蹄山夜酌时又有了不小的进步,但酒过三巡之后,也已现出娇憨之态。她那从不似人间应有的蕊貌仙颜上现在也飞起两朵嫣红,如染西天明霞。

筵至半停,酒正微醺,忽又有相熟的华飘尘、杜紫蘅、陈子平、黄苒四人,各携了酒菜,一齐来千鸟崖上向小言祝贺。于是,他们从屋中搬来几张藤椅竹凳,重开酒席。

酒至酣时,小言忽觉意动,便离席拔剑起舞,对着眼前的明月青山,醉步石崖,剑击秋风,清声歌道:

> 芝华灿兮岩间,
>
> 明月炯兮九天。
>
> 借薄酒以沉醉兮,
>
> 问灵剑之前因。
>
> 拂香雾之仙袂兮,
>
> 振神霭之玄缨。
>
> 排风霄而并举兮,
>
> 邈不知其所之……

清朗高亢的吟唱,回荡在月下空山中,余声久久不绝。华飘尘等人在旁亦是拍缶击节,清啸相和。

小言歌罢入席，见琼容已不胜酒力，倚栏醉眠，便将她抱入屋中，置于小榻上安睡。安置完毕，复又出来饮宴。

移时，兴尽席散，醉态醺然的几位年轻道友便相互搀扶着踉跄踏月归去，正应了"醉舞下山去，明月逐人归"的意境。

又过了几日，这天正是八月十四。这晚，小言正在千鸟崖头修炼炼神化虚，小盈、琼容、雪宜几人也在一旁沾沐着奔涌而来的天地灵气。就在这时，却见远处罗浮山野中，出现了十几个奇怪的透明圆团，闪着幽幽的红光，朝千鸟崖这边飘忽而来……

"那些灯笼又来了！"

看到十几个悠悠荡荡的红色光团，一直就没能坐住的琼容，立即跳起来拍手笑嚷。

正处于炼神化虚玄妙境界的小言虽然双目紧闭，但似乎有第三只眼，清清楚楚地看到琼容蹦跳的模样。

琼容口中的这些灯笼，最近常在小言修炼太华道力时出现。第一次看到时，小言还真有些讶异，它们飘来荡去的灵逸模样，还不知是何种生灵。当他将这等异状告诉陈子平，才知这些状若龙宫水母的透明光团，正是上清宫中逝去之人的道魂。

这些飘飘荡荡的光团魂影，现在正婆娑飘舞在满天霓光彩气之中，让千鸟崖前的夜空变得如同太虚幻境一般。

不过，对千鸟崖上几人而言，眼前这梦影流虹般的瑰丽景色，也只有琼容才能看得完全，其他几人只见得那几个明红光团在月影中悠悠荡荡而已。

见这些道魂又来，小言不以为意，只是继续专心炼化身周涌动旋流的天地元灵之气。千鸟崖周遭的石坡林木间，道魂飞来时略略起了一阵骚动，不过很快就平息了。

那些山野中的幽暗处，正潜藏着许多珍禽奇兽，它们还不大习惯这些灵气逼人的精魄。

暂时的不安平息之后，这些曾聆四海堂经课的珍禽奇兽，又重新专心沐浴在四海堂堂主聚拢来的天地灵气之中，并按各自的方式尽力炼化这得之不易的乾坤菁华。

这些人间罕见的珍禽奇兽，甚至还有些草木精灵，已不知在罗浮洞天中生长了多少年月，即便如此，每次小言在崖上施展炼神化虚，对它们而言都是一次盛大的庆典。

山野间短暂的骚动之后，千鸟崖重又恢复了正常，只有小琼容还在那儿使劲跳着脚，扑扇着胳膊，想要飞起来去和那些光团玩。

现在千鸟崖上空，似是一片祥和。谁都没注意到，在那氤氲光气中悠然飘忽的道魂中，有一缕却似乎并不是随波逐流。

这缕道魂，光团比其他的都大，红色光华更强，若是凝目久视，竟觉颇为刺目；若是仔细观瞧，这缕道魂生得的形状又与其他光团的混沌圆团模样不同，在它朱红的光影中，竟似留有手足模样的细须，正在随风飘动。其他道魂，现在都在悠然随风而舞，似乎身不由己，只有这缕道魂，却正在悄悄朝小言靠近。只是，它轻飘向前，却又有些犹豫不决，进者四，退者三，若往若还，似是心中也甚挣扎。

这样进退两难的情状并没持续多久。就在满天洞天灵气逐渐转淡、小言快要结束炼化道力之时，这缕道魂似是终于下定决心，猛然朝坐在地上的小言电射而去！

很难想象，如此鬼魅般迅疾的光影，就是刚才只风吹才动的幻影光团。正在神游天外的小言，突然觉得漫天的星光月华一下子都从眼前消失了。

"发生了什么事？"眼见自己突然从宁和清明的境界滑向黑暗之中，原本神思缥缈的小言猛然惊觉。他用俯视自己的神思去察看,却发现那个幽红的光团正极力向自己身躯中挤去! 还未等完全反应过来,小言只觉一阵彻骨的剧痛潮水般涌来,闯关夺舍的幽魂正努力将自己这个本主的魂魄元灵挤出躯壳。

瞬间袭来的痛楚,是一种难以言喻的苦痛。小言身似遭受斧锯之刑,却连挣扎痛号都不能;想要手足乱舞,攥得一物减轻痛楚,却连一个趾头都动不得,一片草叶都抓不住。

堕向冰寒黑暗中的小言,如若还来得及判断,那么就会发现这次他所遭受的苦痛,比以往所有太华道力耗尽的苦痛还要惨上好几倍。

而在这危急时刻,之前几次关键时刻全都出手救助的神剑瑶光却再不见丝毫动静。幽暗的剑身,正微微辉映着冷冷的月光,似乎袖手一旁,凛然看着小言要如何应付。

"果然是我所得非分吗? 这次老天就来收回……"

小言努力收敛神思,和侵夺的异魂争拒几次,却没有丝毫效果。渐渐地,小言便开始放弃无谓的挣扎,准备面对魂飞魄散的结局。

此时,千鸟崖上空聚拢的灵光还未散去,犹在月空中散发着淡彩的辉芒;侵夺躯壳的异魂,正闪着美丽而诡异的红光,渐渐没入小言的身体。罗浮山的月下山野,依旧清灵出尘,但在拂山而过的夜风中,却似乎响起一丝得意的冷笑。随着这声冷笑,抱霞峰千鸟崖前的山野中,似乎也以一种奇异的方式沸腾起来,原本宁静祥和的崖前石坡林木间,现在已充斥着愤怒的尖叫咆哮。

就在耳边万籁即将归于寂灭、自己苦难的灵魂就要得到解脱之时,蓦地,已全然放松心怀的小言却突然感觉到一丝熟悉的圆转流动,如此熟稔,如此亲切,如此滑畅,如此空灵,不正是自己一年来形神与俱的流水太华?

"也罢，今日就最后用它一次吧。可惜，它不是'噬魂'。"

已是神魂恍惚的小言，现在反而变得从容淡然。虽然要去运转流水般的太华道力，却没有太多的争竞之心。也许，这真的是他最后一次在人间运转道力了。

强忍痛楚，努力将最后一缕神思与空明的流水紧紧相连。这一刻，借着流转不息的太华道力，小言似乎重又形神完聚。初时的涓涓细流，片刻后已是沛然不绝，正浩浩荡荡流转于即将易主的身体，穿过那个没入躯体大半的光团。这一缕缕不着行迹的水流，每次穿过那团光影之时，都不动声色地从光团中扯下一小绺光影，带动它们溶入汩汩不息的流泉之中。原本红色的光影溶入太华道力中后，瞬即便失去了本来的光彩，一起汇入空明无形的流水中。

面对这样暗暗的侵蚀，那团不请自来的道魂竟似毫无知觉，还在为即将到来的新生鼓舞庆祝，但顷刻之后，它便突然惊觉：自己竟面临灭顶之灾！

是坚持还是逃离？只一迟疑，这缕强横的魂灵便已被越来越壮大的水流齐顶漫过，浪荡世间几百年的魂魄，转眼间澌然寂灭。霎时，骚动不安的山野重又归于静寂。

"咦？天上怎么有这么多彩气？"似是大梦初醒的小言，睁眼后却看见天空中正摇动着千万条淡淡的瑞彩；正准备挣扎着站起，却发现经历这场苦难后，全身上下竟没有丝毫痛觉。

弹身站起后活动活动手脚，便听小盈用急切的语气问道："小言，你没事吧？"

刚才那个红色光团从侵入到消没，其实也只是半盏茶的工夫，其间小言脸上又是神色如常，因此周围几个人委实不知发生了何事。倒是小盈听到山野中兽鸟一片嚷鸣，又见团红光倏然没入小言身体，才担起心来。

"也没什么大事。"面对小盈关切的问话，小言只是淡然相答。他觉得这事本就匪夷所思，说出来只会徒让她们担心。

抬头望望天上，那十几个悠悠然的道魂红团，仍在一片淡彩光辉中飘飘荡荡，似是浑不知方才那场惊心动魄。呆望片刻，小言不觉暗暗叹了口气："原来这清静道场也并不太平。"

又想到刚才那团被自己炼化的"前辈"道魂，小言不知道是应该痛恨，还是应该可怜。

正自出神，忽觉似有冰冷之物入手，低头看去，正是那把一直旁观的古剑。现在，这把名"瑶光"号"封神"的古剑，正温顺地握在自己手中。这还是小言第一次瞧见这把怪剑对自己如此亲昵，倒让他一时微感愕然。

正手抚剑身，思绪翩翩，却听琼容小妹妹在一旁开口叫道："哥哥！"

"嗯？"

"我就知道你一定能打败那只灯笼！"再次出乎小言意料，自己刚刚"吞"了一只琼容口中的灯笼，她却没说出什么可笑话来，只用一双亮如星月的眼睛仰望着自己，粉嫩的面颊上充满甜美的笑意。

"嗯！"温言笑答之后，小言伸手将琼容揽在身前。刚刚才经历过一场突如其来的大难，现在他觉着自己身边的一切都是那么可爱珍贵。

抬头望望，才发现万里云空中那轮皎皎的明月已是圆满如轮。

"哦，明日就是中秋团圆节了。"

这晚入睡之前，看着从窗中透进屋内的几缕月辉，小言发现自己的眼神变得无比清明，就连月影中几不可辨的细微烟尘，都瞧得格外分明。想起自己今晚后半时竟能看到原本只有琼容才能瞧见的灵光异彩，小言便再也睡不着了。

"是我的太华道力又有长进，还是因为那团道魂带来了些异变？"想起最后危急关头化险为夷的情景，忽记起昨日午筵中，灵虚掌门跟自己说过的那番话："飞月流光之术进展不大？小言你须知道，我上清真法绝不可以'术'视之。上清玄术若要习成，都要有道德修为与之相称。你回去后，可多研读些本教典籍。"

想起灵虚子所言，小言似有所悟，便翻身下床，去桌案上取过那册已反复读过不知多少遍的《道德经》，就着床前的月光看起来。

翻过几页，正看到几个字：天之道，不争而善胜。

第七章
月舞霓裳，密言长生之语

第二天，便是八月十五中秋团圆节。

中秋节是人世间仅次于春节的第二大节日，所有人都会在这晚明月初升之时，祭月、拜月、赏月，常常都是通宵不睡。

对于小言所在的罗浮山上清宫而言，八月中秋则要比春节更加隆重。毕竟，大多数年轻门人都是远游在外，时人又最重孝道。因此，即使像上清宫这样的出世教门，也会在中秋这晚借着祭月、赏月之机，让门中弟子向远方的父母家人遥相祝愿。

小言现在正在下山，他带着琼容去采购庆祝中秋节的诸般用品。

有些出乎小言意料，到得传罗县集市上，琼容对中秋祭月、赏月的各种食物用品，竟似比他还熟。什么菊花酒、桂花糕、活水蟹、糖芋头、新米做成的糍粑、祭月用的檀香银烛，等等，小姑娘竟是如数家珍。

心下奇怪，略一相问，才知小丫头在遇到自己之前，也不知从何处听来的中秋佳节的团圆寓意，便分外喜欢。只是，罗阳县民户祭月、拜月、赏月之时，小姑娘又不敢靠近，只能偶尔凭空摄物，取些果脯躲到无人处独自吃了，聊表过节之意。

说到这儿，小姑娘半含羞涩半带自豪地告诉自己最信任的哥哥："哥哥，琼容每年只有这个晚上吃东西时才会哭鼻子！"

小姑娘说到这儿，一边听讲一边兴致盎然地挑选货物的小言突然动作一滞。素来心性刚强的小言，听了琼容这句期待自己夸奖的话，也不知怎么，竟觉得鼻子一酸，喉头突然有了些哽咽之意。

"嗯，我知道，琼容从来都是乖孩子！"郑重地夸了琼容一句，小言便将手中准备跟老板再谈谈价钱的糍粑毫不犹豫地买了下来。

自此之后，凡是琼容看中的东西，只要她刚刚叫得一声，小言便立即买下，与以往斟酌再三的风格可谓迥然而异。

到后来，倒是熟悉哥哥的琼容发现了这点，自己觉得有些不好意思起来，便好几次忍住了就要脱口而出的欢呼。

即使这样，过了没多久，两人手中便再也提不下更多的物件了。幸好，略检查一下，发现今晚所用之物大多已买齐了。

这次采买，小言还买到一样新鲜物事。中秋之日，所食新米糍粑一般都是实心的，并无馅料，但今日有家点心铺别出心裁，在米饼中间嵌入或咸或甜的馅酥，做成圆盘形状，号称"月饼"，又在店铺两边，特地请读书人写得一副顶针联以作宣传。对联为：小饼如嚼月；月似酥馅甜。

看它立意新奇，不待琼容发话，小言便立即买下。

回山的路上，看着琼容背着她那只小口袋，在前面一步一步往山上走，小言不禁想起自己远在数千里之外的父母。"平常并不觉得，这时真想他们啊……要是爹娘知道我认了这样一个又乖又可爱的妹妹，一定也很喜欢。"

思忖到这儿，小言自然又想起另外一人："龙宫里的灵漪儿，她们过不过中秋节呢？"

想到这儿，小言心里倒是突然一动："上次在莲花蕊里见过她容貌一回，未必是固定存在里面的影像，说不定真是她当时的情景！嗯，得空再试试，看行不行。"

虽然一年中有十二个望月之时，但从没有似今天这轮圆满的明月，让普天下之人如此期待。

就在申时将近之际，随着黑蓝夜幕的降临，东天上那轮银盘般的圆月终于向人间洒下皓洁的月华。

这时，小言已将竹椅桌案或搬或驮，在千鸟崖石坪上摆放整齐。雪宜、小盈二人，也结束了灶间的忙碌，开始和琼容穿花拂柳般将果品饼食端到屋外桌案上摆齐。

小言点起檀香，对着月亮说了几句祝祭的话，便站到一旁，含笑看着几个女孩子在一片香烟缭绕中，对着东南天穹中的明月，合掌稽首，望空拜祝。在这几个拜月的女孩当中，小盈的姿态最为优雅。合掌、闭目、俯首、默祝、抬头、睁眼、垂手，一系列动作如同流水般顺畅自如。琼容对一系列的拜月流程虽似非常熟悉，举手投足间却颇为生疏。虽然如此，小姑娘拜月之仪仍是做得一丝不苟，平素嬉笑的脸蛋上此时庄重无比，映着天边的月光，仿佛正闪耀着圣洁的光辉。寇雪宜对拜月之事似不甚熟悉，只不过，她中间默念祷祝的时间却比其他两人都长。

待拜月仪程结束，四海堂众人便开始正式赏月。他们一边咬着新米饼，一边仰望天宇中那轮寄托着无限情思的圆月。

罗浮洞天纯净的天空，让天上那轮明月显得格外圆团明亮。偶有几缕夜云悠然飘过，这轮圆月就似在一溪流水中浮沉、漂荡……

看到此处，小言心中似有所感，便放下手中果食，回到屋中取来一只陶盆，在冷泉边接满清水，然后放到食案上。见小言这样举动，小盈、雪宜不知是何用意，只饶有兴味地看着。琼容倒是在一边拍手嚷道："哥哥真厉害，都

把天上的月亮捉到地上来啦!"

小言闻言一笑,便从怀中掏出那朵白玉莲苞,放入盆中,说道:"看看这次能不能再瞧见你灵漪儿姐姐。"

上次之后,他已将灵漪儿之事当故事讲给琼容、雪宜听了,小盈来后,因为那次吹动《风水引》的缘故,也一并将传授此术之人告诉了小盈。因此,现在在场的几个人,都知道在数千里之外的鄱阳湖底住着位美丽有趣的龙宫公主。水底龙宫、四渎龙女这样的神幻事,经小言之口讲出,琼容、雪宜、小盈几人竟全都深信不疑。

这次能不能再看到灵漪儿呢?

在小言、琼容等人紧张万分的目光中,这朵入水的雪玉莲苞果然似有了生命一般,在一片月华清辉中,慢慢绽放成一朵姣美动人的出水莲花。

小盈还是第一次见到这样的神奇情景,便一动不动地紧紧注视着那朵正自绽放的水莲,目光片刻都不想移开。

正在小言要探首过去看看蕊心有无人面倒影之时,却突然看到一件奇异之事,直惊得目瞪口呆。在月华之下、清水之中,从洁白的莲花瓣中,正冉冉升起一位身姿娇娜的白裳女子。

"灵漪儿?!"皓月的清辉中看得分明,这位绰约凌波的月下仙子,正是鄱阳湖中的四渎龙女。

"是我。还以为你忘了呢!"

灵漪儿从莲瓣上飘下,对目瞪口呆的小言调皮地一笑。

"你、你……你怎么能来?"

"笨哦,这是我们龙宫的法术镜影离魂。我特地跟爷爷学的!"

"呀!龙宫法术果然神奇。云中君他老人家还好吗?"

灵漪儿却不管小言的奉承套近乎,说道:"爷爷他当然好啦,几千年都没生过病了。哼！你到今天才想起，还有我这个朋友！"直到方才才有机会施用新法术的小姑娘埋怨道。

"你就是水底下的灵漪儿姐姐吗？"正在小言尴尬之时，琼容这声怯生生的娇脆话语适时响起。

"是啊！小言也有跟你提起过我？"

乘月而来的龙族公主灵漪儿轻盈地一转身，恰看到说话之人："哇！这是谁家的小囡？好可爱啊！"

"呵，这是我新认的妹妹，名叫琼容。"

"哦，琼容！

"琼容快来，让姐姐拧拧脸蛋儿！"

月下的琼容，粉嫩的脸颊微微鼓起，着实讨人喜爱。

"好呀！"小丫头也很喜欢这个水灵灵的大姐姐，便乐呵呵地将粉鼓般的脸蛋凑了上去。

小言瞧在眼里，乐在心里。他心说："终于明白了，这小丫头只知道忌讳'小孩子'这三个字，若是换了其他说法，她就不知了！"

一番纷乱之后，小言又向灵漪儿介绍了小盈、雪宜。

说到小盈时，灵漪儿毫不掩饰地上下打量了小盈一番。灵漪儿打量小盈之时，小盈也在看她。月下的白衫龙女，身姿颀秀，长发拂风，影态绰约，月辉映照下的俏脸上目剪秋波，眉横远黛，口鼻娟挺，自有一种恬淡清灵之美。这时，灵漪儿也注意到，雪宜一副清冷娇婉、惹人可怜的模样。

就在这位远道而来的四渎公主得知几个小伙伴都按人间风俗刚刚拜完明月之后，便嚷着让小言重新铺排香案，她也要拜月。

等灵漪儿也有模有样地拜月完毕，千鸟崖上几人便一边吃着果品食物，一边赏月谈天。

现在,有了灵漪儿的加入,又有"鄱阳湖上的勇士""花月楼中的恶少""火云山下的英雄""四海堂中的堂主"这个共同话题的主角在此,几个女孩子没一会儿就抛开了初见时的拘谨,开始叽叽喳喳、无比亲热地聊起天来。

看着几个女孩子一边驱动着腮帮子咀嚼食物,一边清晰流畅地说着话,当即便让一口不能二用的小言大为叹服。

当几人说到小言被授予中散大夫,家中得了百亩良田时,便见小盈冲着小言盈盈一笑,道:"当日无知,浪费了许多米粮喂鸡,这下,张堂主也算得到了百倍之偿……"

此时张堂主正忙着对付口中的新奇糍粑月饼,小盈这句话说得轻微含糊,他一时倒未能听得如何清楚,只在那儿唔唔作声,示意自己已经听到了。

就在案上果品大多吃完,就要开始享用菊酒螃蟹之时,终于得了空闲的小言提议,反正现在大家吃得已经不少,不如听他奏上一首笛曲,聊发月夜清思之意。

提议正合众人之意。于是,一曲随心而发的清况笛歌,在澄净月空中悠然响起。

又听到雪笛亲切的乐音,灵漪儿的感受与其他几人又有些不同。听到婉转爽滑之处,四渎龙女便再也忍不住,一振裙衫,忽地飘忽而起,朝千鸟崖外翩然飞去。

吹笛人小言用眼角余光正瞥见飞空而去的灵漪儿,一时不知发生了何事,便停下口边的神雪,朝眼前的月空中望去,却见凌风飘去的灵漪儿翩翩飞往对面无名山崖上那道流堕不歇的瀑布。

然后,只觉眼前夜空中清光一闪,便听得铮玛一声,对面寂静山崖处,竟有几声清冷的琴音跳荡飘摇而来。

诧异之下,凝目望去,只见山崖月影中,衣带飘飘,白裳翩翩,灵漪儿正

如飞鸟一样,在流瀑前随风飘舞。那道原本奔流不歇的瀑布,现在竟生生停住,分拢成数条闪着珑光的水束。四渎龙女灵漪儿现在竟以高山为琴、流瀑为弦,施无上法力,弹奏一阕带着水灵之音的恢宏筝曲!

见到这一神奇的场景,小言、小盈等人惊讶之余,心下尽皆赞叹不已。

俄而,小言反应过来,玉笛神雪便重又举至唇边。

他这次吹奏,与方才不同。为应和灵漪儿那些依自然造化而生的琴音,小言现在气集神凝,微微运上了太华道力。

初时,只是笛和琴音,略过一阵,便成了琴伴笛鸣。于是千鸟崖前的月夜空谷中,便交织回荡着清郁幽远、宏大寥廓的神曲,真可让金石震、山陵动、百兽歌、千鸟舞!

与以往任何一个琴师都不同,现在这位龙族公主,左右翱转,上下飘飞,进退之间,身姿曼妩。目睹此景,曲到浓处之时,一直静处的寇雪宜,也忽地翩然而起,投向泉琴石崖上空,和着琴笛节拍,在月光中翩跹而舞。

谁能想象万丈冰崖上梅花精灵的舞蹈?罗带飘风,长袖交横,以天地为舞池,以明月为华灯,态度从容,舒意自如。婉转之间,若俯若仰,若来若往,雍容惆怅,不可具象。

现在的寇雪宜,仿佛已完全放开身心,极力舒展曲折着自己窈窕的身形,极尽娇妍,极尽妖娆……

虽然,小言正专注于笛音,可天地中的一切,对他而言已成一个整体,还有什么美妙的场景能逃过他的眼睛?

如此瑰丽动人的场景,自然感染了在场所有人,顷刻间,便有一曲人间仙子曼妙娇婉的清歌,和着琴管的节拍幽然而起。歌曰:

睇东山之琼轮,

映绮疏而独处。

似半面之妆成,

觉娥眉之弥妩。

杨柳兮细腰折,

芙蓉兮娇面莹。

独俯躬以长跽,

愿稽首而乞灵。

……

歌音缥缈,清亮动人,不似人间可闻。

就在貌可倾城的小盈歌罢,余音缭绕之时,又听得拨弹着流泉之琴的神女灵漪儿将清妙的歌声婉转续起:

美人迈兮音尘阙,

隔千里兮共明月,

临风叹兮将焉歇?

波路长兮不可越。

……

歌声滑烈,如怨如慕,直让人心动神摇。这正是:

爽籁发而清风生,

纤歌凝而流云遏;

婉转芳夜之歌,

密言长生之语。

就在小盈、灵漪儿二人珠喉玉啭之时,葱茏的山野间飞来许多萤火虫。萤火虫飞舞之际,正是银辉明灭,流光点点,在千鸟崖前汇成一条巨大的光带,似一条闪耀着银光的绢纱,环绕着飞舞的精灵翩跹流转。

渐渐地,飞来更多银点,闲在一旁的琼容往来奔跑,指挥着它们或停落在袖云亭的翘脊飞檐上,或落到四海堂石居的窗棂屋脊上。

于是原本寂寥清廓的千鸟崖,立时便成了如梦如幻的不夜之城……

仿佛受到感染,那把一直沉默的瑶光神剑,突然闪耀起灿烂的光华,呼一声冲天而起,又直落到那把巨大的山崖流瀑琴筝前,临空飞弹挑刺,在琴曲笛歌间隙击出轰轰巨响,一如那洪钟巨鼓之音。

在这样雄阔的弦歌巨唱里,袖云亭正对着的广袤山野中,似乎回荡着无数奇异的啸鸣,在和千鸟崖前的仙歌神唱遥相呼应。正是:

云鬟雾渺影迢遥,

谁向流光斗舞腰?

花前满杯斟明月,

同醉芳秋庆逍遥。

就在四海堂在中秋佳节之期忘情庆祝盛典达到高潮之时,却忽见东天上有两道灿然的剑光,正绕过起伏的山峦,朝这边急速飞来!

第八章

水月流虹，我醉欲眠天风

正当千鸟崖星光满地、歌舞盈空之时，忽见东天上有两点灿然的剑光朝这边飘射而至。

正在吹笛的小言立即感应到有不速之客来访，便停下口边笛曲；心念电转处，那把正在瀑琴边忙得不亦乐乎的瑶光神剑已倒飞而回，被小言紧紧握在手中。

还未等翩跹于月空中的灵漪儿、雪宜二人回到崖上，顷刻间这两点剑光已飞临千鸟崖山前。

"何处仙客，降我罗浮赏月？"

一听这熟悉的声音，小言握紧剑柄的手立即放松。皓洁月光中看得分明，发话之人正是自己的掌门灵虚真人，而另外一位则是弘法殿清溪道长。

现在，灵虚真人正飘然立在一把白如霜雪的飞剑上，在月空中微微浮动，如立水波之上，意态从容，望去若仙人。而素以法力闻名的清溪道长，这时便显出功力高下来。与灵虚子不同，他现在正在千鸟崖前不住盘旋，虽然速度并不快，但与灵虚子如履平地的悠然姿态，自不可同日而语。

见得掌门突至，飘浮在半空中的寇雪宜，如同受惊的小鹿，飞鸟堕地般投到千鸟崖上，紧靠在小言身旁。龙族公主灵漪儿见二人到来，却是不慌不忙，翩然飘飞到灵虚子面前，淡淡说道："你是何人？却来搅我清兴？"

灵漪儿正歌舞到兴头上，不料被这俩老头从中搅扰，心中颇有些不高兴。

小言耳力颇佳，灵漪儿这倨傲话语自然一字不差地传到了他耳中。当即，他心中大急，正要出言缓和之时，却已听得掌门谦恭答道："回告仙子，贫道乃罗浮山上清宫灵虚道人。我与清溟师侄，只是闻得千鸟崖仙乐缥缈，不知发生何事，便来察看，若有唐突之处，还望仙子海涵。"

原来，灵虚真人正在飞云顶与门下弟子同乐佳节，忽闻得抱霞峰方向异曲喧天，也不知发生了何事。心中又着紧住在千鸟崖的小盈，便赶紧跟弟子门人告罪一声，拉上清溟道长，同往抱霞峰来察看。

听得灵虚子答言甚恭，又听说他是小言的掌门，骄傲的龙族公主灵漪儿便不再矜持相对。

只见她嫣然一笑道："还以为是哪来的不速之客，却原来是上清掌门。仙子不敢当，我乃四渎神君的孙女，封号灵漪儿便是。"

一听此言，顿把灵虚真人惊得慌忙稽首礼敬道："不知上仙驾到，有失远迎，还望仙子见谅！"

见自己尊贵无比的掌门见到灵漪儿竟如此惶恐礼敬，与灵漪儿嬉笑惯了的小言心下倒有些不解。他却不知，灵虚子再是天下道教领袖，却还未得道飞升；但凡人间修炼之人，又有谁不是位列仙班之人的后辈？因此他这般礼敬，却也是理所当然。

正在小言觉得灵漪儿不够礼貌，要出言相劝时，却听四渎龙女灵漪儿随意笑道："不知者不罪。况且小言还在你上清门下，还要有劳灵虚真人多方看顾。我这小友，人虽惫懒，但还算聪明，有啥好法术你尽管教他，不怕他学不会。掌门你可不能藏私哦!"大模大样的话说到最后,却是小儿女情态毕露。

灵漪儿这一番话,让小言直听得哭笑不得。灵虚掌门却还在谦恭答道:"张堂主天资颖慧,贫道何敢藏私!连上清宫压箱底的秘技都授与他了⋯⋯"

正在小言要出言证实之时,却见一直在空中盘旋的清溟道长突然落到千鸟崖上寇雪宜跟前,盯着瞧了一阵,转脸跟小言讶声说道:"怪哉,据我所知,小言堂中这女弟子,只是平民落难之人,又怎会习得飞天之术?"

此言一出,小言立时冷汗涔涔而下。

此一问不可谓不致命。要知道,现在连他自己都不会御剑飞行之术,又何况寇雪宜那样的凭空御虚? 这次与上回赵无尘之事不同,就算他再机敏百倍,却也生不出啥开脱办法。

于是,便如晴天击下一道霹雳,霎时间小言只觉得天旋地转心神震惶,嘴角嚅动,口中却连半个字也说不出!

寇雪宜见堂主为难,便决心要将自己之事和盘托出,并说明小言并不知情,若有啥严厉处置,自己一人生受,与他人无关。

正在这尴尬时刻,却听得传来一阵有如甘霖般的仙籁神音:"清溟道长不必疑惑。雪宜是我闺中好友,是我遣她入四海堂的。小言当年也没出过啥远门,最远也就到我家。我怕他一个人千里迢迢来到罗浮山,偷懒脾气发作,不好好修行,便请雪宜妹妹找了个托词入得四海堂,也好早晚监督他用心进学。此事却是连张堂主自己也不知道。"

"原来如此!"现场除了灵漪儿、小言、雪宜三人外,灵虚子、清溟、琼容、小盈等人,俱恍然大悟。

"神女此言,正解贫道多日之惑。有此神人居于门下,实在是上清之福!只是却有些委屈了。"灵虚子一揖,转身朝寇雪宜、琼容二人含笑看去。虽然他口中的话说得谦逊,但看那一脸掩不住的笑意,显见掌教真人心中十分高兴。

见灵虚子被自己骗过,心思玲珑的灵漪儿心中暗笑,口中却淡然答道:"好说。"

"那就谢过上仙! 今日贫道与师侄不告而来,多有搅扰。不敢再耽搁神女清兴,贫道就此告退。"

"甚好。"

于是,灵虚子微一示意,便与清溟道长腾空而起,各回本殿去了。

见二人行远,白衣飘飘的灵漪儿立即飞堕落地,站在小言面前,一脸慧黠地笑道:"怎么样? 替你掩过尴尬事,却要如何谢我?"

"呵呵呵……谢是自然,大不了过会儿吃螃蟹时,我不与你争抢便是!"

彻底搬去心中这块大石头,小言心情真是大好,言语也变得轻快起来。与这两个老熟人互相调侃不同,寇雪宜却已拜跪在地,口中称谢不已。

见她认真了,灵漪儿慌忙将她扶起,微笑道:"雪宜妹妹不必记挂在心上。世间之人有一奇怪处,便是逢人最讲来历,也不管他现在情形如何。姐姐今日只不过略偿他们所愿而已。"

正说到此处,小言接口说道:"雪宜你不可哭泣,今日正是良辰美景之时,落泪不祥。"

小言最知道寇姑娘脾性,怕她感动哭泣,便出言预先制止。

"谨遵堂主之命。"雪宜回答之时,果然已带了几分哽咽之意。

"只顾说笑,却忘了喝酒赏月了。"小盈见着这情景,赶紧岔开话题。

经灵虚子、清溟这一回拜访,此时已是月移中天。巨大的银盘正洒下千里清辉,让罗浮山野中的花草林木如覆上了一层皓洁的银雪。

当即,雪宜便去灶间将养在热水中的酒端到石坪桌案上。众人便围桌而坐，准备畅饮大嚼。

为举止方便，小言将封神剑、神雪笛放回屋中。看了眼那支躺在月光中的玉笛，小言忽然想起往事，便在回到席上时跟灵漪儿笑道："没想到，雪笛灵漪儿，竟在今日完聚。"

听得此言，灵漪儿也想起了之前鄱阳望湖楼上的雨夜对饮。

只听小盈忽然开口说道："灵漪儿姐姐，现下明月正好，小盈恰吟得一诗，要赠予姐姐。"

"好啊！快念来听听！"

不唯灵漪儿，小言等其他几人也大感兴趣。便见小盈轻启朱唇，轻声吟道：

> 屧浣明霞骨欲仙，
> 月中纤手弄轻烟。
> 痴魂愿化当空月，
> 千里清光照华夏。

小盈吟时，唇音缥缈，如在天边，在如雪的月华映照下，益发显得幽丽绝伦。

正自悠悠然的小言听小盈说完，立即说道："对了，小盈，上次倒没发觉，原来你诗也作得这么好。"

"嘻！承蒙堂主夸奖。上次见你诗文作得好，我回去之后便也请了塾师教习风雅。"

听他们说到这儿，一直与雪宜姐姐剥食肥蟹的小姑娘终于想起一件事情，便口齿不清地插话道："姐姐，能不能……也给琼容写一首呢？"

"哦？琼容妹妹，你的诗，还是让小言哥哥送你吧！"

"好啊！最喜欢哥哥写的诗！虽然全都听不懂！"

已开始对付一只肥硕蟹螯的小言闻言失笑，口舌一时再也无法专心吃食，便放下蟹螯，整整脸上的笑容，瞅了瞅眼前的明眸，又看了看天边的明月，略一凝思，便说道："有了！琼容你听好：

明月万里兮照昆仑，

素影徘徊兮梦前尘。

霓裳羽衣兮空中闻，

嫩颜何时兮羽翼生。"

一诗吟罢，小言笑问琼容："哥哥此句如何？"

听了哥哥的话，小姑娘并未立即回答，那双明如秋水的眼眸中似是若有所思，竟难得地沉默起来。

这一刻，正是素月分辉，银河共影。

"这小丫头，难不成竟能听懂我这应景诗歌？"正诧异间，却见静默无言的小姑娘已回过神来，拍着小手大声叫好，又嚷着让哥哥也给雪宜姐姐写一首。

在一旁静静进食的寇雪宜听琼容说到自己，又见堂主向自己这里看来，便谦谦一笑，说道："不必了。"只是，面对此人此景此情，转眼间小言心中已天成两句对联，便对她微微一笑，道："雪宜，你的是：

璧月凝辉，前身定呼明月；

琼花照影，几生修到梅花？"

此句吟罢，众人齐声叫好。不过，这其中，也许只有小言、雪宜两人才解得这句中真实含意。两人月光中相视会心一笑。

正待小言斟满菊酒，要和大家同祭圆月之时，却忽见四渎龙女灵漪儿飘然而起，黯然说道："小言，各位姐妹，我要回去了。"

"为何归去这么早？"正是小盈出言挽留。

"妹妹不知，并非是我不想流连，只是我法力已尽，这镜影离魂之术已不能维持，姐姐便先行离席了。"

不待小言开口，灵漪儿又俯身对琼容说道："妹妹莫怪，姐姐先前多抢了些你的食点。其实我都没吃，现在便还你。唉，可惜啊，还没来得及持螯把酒呢！这次又要沉睡上两三个月了吧？等我醒了，再来寻你们玩……"

就在小言几人不解其意之时，却见话音落定，眼前白衣少女灵漪儿的身形竟开始渐渐消散，不一会儿便已经痕迹全无。

人影消散处，月华如积水空明，只有空中一缕淡淡的幽香表明那处曾有人俏立。

惆怅的小言展眼望去，那盆仙子浴波而出的清水中，漂浮的莲花也已经合上，重又变成一朵雪玉花苞。

望着水面微漾的月影，小言一时倒有些迷离："这月影空花，容易生成，也容易消散啊……"

"咦？"正在小言感叹之时，忽听得琼容指着桌案上一叠整齐的糕点，讶异地跟他说道，"那不是灵漪儿姐姐刚刚吃掉的那几块点心吗？怎么又在那儿了，好像都没动过。"

灵漪儿先前故意跟琼容抢过几块糕点，小丫头记得格外分明。小言看着那几块似乎原封未动的糕点，更觉得刚才仿佛只是做了一场幻梦而已。

见小言有些伤感，小盈便举起贮满菊酒的竹杯，走到小言跟前，柔声说道："张堂主，虽然灵漪儿已离去，但日后自有再见之期，堂主不必伤心。今夕月儿正佳，我们继续赏月饮酒吧。"

听小盈这么一说，小言也回过神来，赶忙举起身旁案上的酒盅，笑道："小盈说得正是。"

于是，月光笼罩的高崖石坪上，觞来杯往，笑语晏晏。且饮且食且谈之际，不觉已是月轮西堕，原本发下通宵宏愿的四海堂众人，便于这片斜月清风中次第睡去。

中秋夜晚的欢愉，只是偶然。生活中更多的日子，还是平淡。但平淡也有平淡的幸福，尤其是在失去它们之时。

就在这样平淡而幸福的日子里，小言从未中断过道力的修炼。自从中秋前夜吞噬过那缕冒险抢关夺舍的道魂，小言便觉着自己的太华道力似乎突破了一个从未逾越的瓶颈——自己终于能够感觉出身体里那股流水太华正一天天精湛、壮大起来。

终于有一天晚上，正当勤修不辍的小言在千鸟崖前炼神化虚之时，突然发觉，随着太华道力的圆转流动，自己端坐在石坪上的身形竟缓缓地离地而起，飘在距地两丈有余的半空中，拂崖而过的天风正吹得衣襟飒飒作响。

移时，随着太华道力的周天回转，停留半空的身形又缓缓落回石坪。

正所谓福至心灵，回归地表的小言，浑身又闪耀起明耀的金芒。只不过，这次以剑为引，那些蒸腾吞吐的明黄焰苗顺着瑶光神剑的剑身燃去，并在剑端凝聚成一个灿白的光片。然后，在小言的一声叱喝中，这朵新月般的光华朝无尽的夜空中倏然飞去。

幽蓝的天穹中，恰似有一道璀璨的流星迅疾划过。

虽然，这朵粗具规模的飞月流光斩，与最终月陨九霄、剑气千幻、万千枚阴晴圆缺各具形态的皓月光华潮水般飞扑而出的场景，还是大有差距，但毕竟这朵小小的月华已让四海堂堂主张小言成为天下能够使出此术的十数人之一。

乍得成功、欣喜欲狂的小言豪气顿生，只觉得飞腾凌云之日，并非完全不可预测！

正是：

玉剑如虹，
尘虑洒然空。
神剑婆娑初绕指，
盘曲如龙。

看青山当户，
双鹤步从容。

玉华初卷影重重，
风起处，
云飞乱，
夕阳红。

第九章
身非鸿鹄，焉知云路缥缈

自从那晚炼神化虚时离地而起，四海堂堂主张小言心底便开始活动开了：
"不如就去练练御剑飞行？反正现在约莫能提着气浮起来，至少能保证摔不死。"

这念头一起，小言便再也坐不住了，整天只想着御剑飞行的口诀。中秋那
晚灵虚子与清溟道长两位上清高人踏剑飞来的飘逸身影反复在他脑中盘旋。

最后，意志算不得坚定的小言，便没能抵挡住诱惑，预备要去练习御剑
飞行之术。

不过，他也知道，自己的驭剑诀才算小成，为保险起见，可不能就在这数
百仞之高的千鸟崖上开练，而是得去山下寻得一处低洼处练习。不管如何，
据清溟道长说，一开始时这御剑飞行术即使能成功，也不会飞得很高。

小言下定决心的第二天中午，天气清和，秋阳灿烂，他便放弃了午休时
间，带着琼容、雪宜二人，下得千鸟崖，来到抱霞峰与无名山崖间的一处低洼
平地上，准备试练本门的御剑之术。

跟着来的小姑娘琼容一听说哥哥要练飞行术，便立时雀跃不已。刚才
下山时，她一路在小言左右蹦跳，嚷着说等他练成之后，一定要带她去天上
看看。瞧她那一脸笃定的兴奋模样，倒似乎比施术人本人更有信心。

天高云淡,晴空万里,碧蓝的高天上,几点高飞的雀鸟,正在天际云边悠然翔舞。

在这样的晴好天气中,上清宫四海堂堂主张小言终于要开始他的飞翔之旅了。

在琼容、雪宜两人期待的目光里,小言拔剑在手,静息凝神,开始默诵起御剑口诀来。

随着口诀的念诵,身体内那股太华道力渐渐开始流转运行起来。

猛然间,正紧张旁观的琼容、雪宜便见眼前人影一晃,然后便是一道闪亮的光华平地而起,嗖一声直冲天际。这一下出其不意,她们倒吓了一跳,等反应过来时,眼前早已是人迹全无!

"哥哥飞走了?"虽然对哥哥即将获得的成功从来就没怀疑过,但琼容还是忍不住想确认一下。

"嗯! 应该飞走了! 只是……"寇雪宜凝目朝远处山峦张望,似是颇有些迟疑。

"只是什么?"

"琼容你记不记得堂主曾说过,这第一次即使施法成功,也飞不高、飞不远,怎么现在……我们都看不见堂主了?"

"嗯! 那是因为小言哥哥厉害嘛! 雪宜姐姐不用担心!"

再说倏然飞走的少年张小言。按理说,乍得飞天,应是满腹欣喜才对,可是正在云岚雾气中疾速穿行的他却是满心的惊惶。

现在,他耳中只听得呼呼风响,强劲的天风正吹得满身寒凉。明白自己正身处何种高度的小言,一时竟不敢睁开双眼。

过了一阵子,等紧张的心情渐渐平复一些,小言才把心一横,努力睁开眼睛。首先看到的,便是一缕缕若有若无的云气,正在身旁飞速闪过。原本在地下仰望时,瞧见的是天净云白,现在眼前却是一片灰茫茫。

等睁开双眼,看见眼前事物,小言那颗紧张激动的心才终于略略平静下来。嗯,也只不过是在一片云气中快速穿行而已,也没啥大不了的。

心里这么一想,小言往日那些豪气重又涌上心头。在一股初生牛犊不怕虎的劲头激励下,小言便不管不顾地低头往脚下看去。呵!自己那把瑶光古剑正老实地横在自己脚下。此时剑身不再黯淡,隐约间一道水样的光华正在剑身前后不住地游走流转。

有了这些铺垫,小言的目光终于试探着越过剑身,朝更远的下方望去——此时映在他眼眸中的,是怎样一幅奇异的图景!

透过飞飘的云雾间隙,可以看见一片连绵不断的小土堆,土堆上覆盖着一层平滑的黄绿颜色,恰如远远望去时平整草坪的模样。

这土堆草坪是什么呢?在扑面刮来的强劲天风中,这个简单的问题倒费了小言一番思量。过了片刻,他才恍然大悟:哦,这土堆,就是绵延数百里的罗浮群峰;这草坪,就是其间的参天古木。

只不过,想通这点后,只习惯在地面活动的小言,便突然觉得一阵头晕目眩。天哪!自己现在竟然就穿行在无依无靠的高天上!

就在这震惊的当口儿,很不凑巧,脚下原本还算平稳的飞剑猛然间剧烈振荡摇晃起来,霎时间初登云路的小言只觉得异常晕眩,什么御剑飞行的口诀,什么太华道力的圆转,在这一刻全都被抛到了更高的九霄云外。

脚下瑶光剑身上的流光立时一黯,然后初次御剑飞天的小言就如同断线的风筝一般,直直从云天上摔下!

……巨大的风声,鼓荡着耳膜,突然堕落云端的小言已有些神志恍惚。因和预先设想的不同,在这片前所未有的惶惑混乱中,他又如何会想起要去运转太华道力阻住下跌的趋势?

耳边呼呼的风声，越来越急促，下方起伏的土丘，也渐渐变成雄伟的山峰。看来，过不了多久，入山才不到半年的少年堂主张小言就要葬身于这片山野林海中了。

此时，他已无暇看到那把飞剑瑶光正紧紧缀在自己身后。

"唔，这个看起来似乎还不错的少年郎，心性不如自己预想的镇定啊……否则，说不定已经顺便习成御气飞行了。唉，可惜可惜！"

就在下坠的小言觉着这番铁定要粉身碎骨时，他脚后跟上的那把通灵古剑却还在为他白白浪费了自己苦心制造的良机而惋惜不已。

剑灵的想法，若是小言有知，便一定会大呼冤枉：封神剑灵也实在过于看得起他了！

看看时机差不多了，神剑瑶光飞转到小言身前，准备重新将小言载起。就在此时，却冷不防异变陡生，一道巨大的黑影闪电般从斜刺里横出，直直向下坠的小言冲来！

……当小言再次醒来时，发现自己正躺在一片坚实的土地上。

又过了片刻，等心神重新稳定下来，才发现自己竟正在先前出发之处。旁边琼容、雪宜都在，那把瑶光也没丢。问一问琼容、雪宜，才知道，刚才竟是黑色的大鹏鸟救了自己。

看了看地上几片黑光闪亮的巨大毛羽，又望了望高邈的天宇，云天外那几点飞鸟，仍自悠悠然翱翔于天际，似乎刚才什么都没发生过。

"嗯，以后给它们讲经的次数，还应该再多些！"

起初的后怕退去后，此时小言心中充满了感恩之情。

虽然，一路上小言已反复叮嘱琼容，不要将今日这件惊险的事告诉小盈，但等晚上小盈从郁秀峰回来，嘴快的小丫头还是忍不住把今天的事跟小盈和盘讲出。

从琼容略带夸张的描述中听到小言遇险,小盈当下吓得不轻。饶是知道小言最终没事,听到惊险处小盈还是忍不住以手抚心,似是怕怦怦直跳的心不小心蹦出来。

于是,用过晚饭后,四海堂堂主小言就似做了错事一般,按小盈的吩咐乖乖躺在竹榻上,让她施展从灵真子那里学来的清神灵光咒,以安抚他受惊的心神。

其实,乖乖平躺的小言早已缓过劲儿来了。但现下看到气质高贵的小盈正全神贯注地念着口诀,语音温婉,面容坚定,霎时间,小言心中不可抑止地涌起一股久违的感动。这感动,让他觉着十分温暖……

也不知是小言真的累了,还是小盈的法术确实起到了作用,过了没多久,心神安宁的四海堂堂主便在一道圣洁的白色柔光笼罩下,沉沉滑入了黑甜的梦乡……

不管怎样,经过这次意外,张小言御剑飞行的心思便暂且放到了一旁。虽然,那份遨游天际、俯视大地的感觉缥缈而奇特,但毕竟还是小命要紧。他刚过上几个月好日子,可不准备就这样失足摔死。

经得这次事件之后,四海堂的张堂主,便开始以前所未有的认真态度,安全修炼着以往的诸般法术。只是,让人有些奇怪的是,原本似是百无禁忌的琼容小丫头,最近几次从山中游荡回来,倒常常有些灰头土脸。有一次,小言发现小姑娘原本凝脂般的嫩脸上竟还青肿了两块!

初时见了琼容丫头这尴尬模样,小言还只嘱咐她玩耍时要多加小心一些,但后来见她好几次都是这样,特别是看到那两块青肿,便有些担忧起来。

只是,当小言好心问起详情时,无论他怎么诱哄,琼容只是不肯说。最后,小丫头小脸一皱,小嘴一扁,差点要哭出声来。小言见这模样,也只好作罢。

"这小丫头到底在捣什么鬼?"

心中担心着琼容的安危，这天早上，小言便悄悄跟在小丫头身后，和她一起出去。近些天里，琼容每天都会早早去山间玩耍。

走在前面三四丈开外的小琼容，身形真是灵活，忽而穿过灌木，忽而绕过山石，这一路跟下来，倒把小言累得气喘吁吁。一路跟踪时，小言不敢靠得太近，只敢蹑着手脚，有些鬼鬼祟祟地远远缀在琼容后面，毕竟他身上有股琼容能嗅到的味道。

不过，看来小言的担心有些多余。小姑娘现在只顾低头赶路，根本就没心思去察看身后是不是有人跟随。

就在小言觉着琼容腿力真好时，忽见前面一直急匆匆蹦跳奔跑的小姑娘终于停歇了下来。

"就是这里吗？"

放眼看去，琼容身前那处山坳，地处偏僻，陡峭的山坡上草木幽深，间隔袒露出嶙峋的岩体。

"她来这处做什么？"

这儿冷僻清幽，几无果木，实在不像是馋嘴小姑娘爱来的地方。

凝目望去，又见那处山坡前正蹲着几只小兔子，又有几只体形较大的山鸟正在草间徘徊。见琼容过去，这几只鸟兽便立时围到她面前，瞧那雀跃模样，似是正在一直等她到来。

琼容则低头咕哝，似是正在跟这些朋友打招呼。

"和这几只鸟兽玩摔跤吗？可咱家琼容再不争气，也不至于弄得鼻青脸肿啊……"

正当躲在山石后的小言纳闷之时，便见眼前发生了一件不可思议之事：幽暗的山岩前，在一片纷华璀璨的碎影流光中，粉妆玉琢的小女孩竟又恢复了她那可爱而美丽的原形！

第十章
琼花嫩蕊，微绽乱云深处

"呃?！琼容这是要做什么?"见到她恢复本来面貌，小言心中大奇。

要知道，对琼容来说，除了说她幼稚之外，最忌讳的便是她非人的原形。自从上得罗浮山之后，经小言努力，小女孩似乎已经忘记了本来的身份。为何今天却又显现出自己的原形?

小言心中正在纳闷之时，忽见琼容化作的那只雪色异兽，四只足下忽然缭绕起一阵白雾，然后，便见她向面前斜坡上飘然跃去。纵跃之间，飘飘摇摇，直似足不点地。此时，那几只雀兔全都静了下来，眼光一齐随着琼容敏捷的身影转动。

待到了高坡上，这只小兽便横走到一处兀立的石岩上，弓着身子，前足踏在岩边，脑袋探出去朝下张望。

见琼容这模样，小言心中忖道："难不成是在和鸟兽玩攀岩?不过这岩石挺高，倘若一失足摔下来，那可不是好玩的。"

小言现在对这失足摔跌之事，正是心有余悸。

就在小言想到这儿，刚要出声提醒时，却忽见琼容已纵身从石岩高高跃下！

小言凝目望去,看得清楚,洋溢着神圣气息的雪色小兽在跳下的过程中,努力扑扇着肋下两只洁白如雪的羽翅,试图从高岩上飞腾下来。

只可惜,她那还未丰满的羽翅左右扑打得很不协调,所以整个身体在下降过程中一直都摇摇晃晃,根本不可与鸟雀飞翔同日而语。于是,就在小言的一声惊呼中,琼琚般的幼兽便很不幸地跌了个嘴啃泥!

见到这一情形,小言立时明白了小丫头为何几天归来都是灰头土脸了。见她摔落,小言赶紧纵步奔出,急速跑到近前,将琼容轻轻拉起。刚才小小的幼兽,听到那声熟悉的惊呼后,便顾不得疼痛,在一片光影纷乱中赶紧变回人的模样。

见有人奔来,那几只为琼容加油鼓劲的雀兔,一下子惊得四下逃散。

此刻,一脸尘灰的小丫头,浑然顾不得抹去脸上粘着的草泥,在那儿低着头,手指不停绞动衣角,就像做了错事被大人逮住一样,惶恐不语,只等堂主哥哥发落。

见她这副楚楚可怜的模样,小言既心急又心痛,哪里还顾得上责怪她。现在,小言只顾着扶着琼容的肩膀,一连声问她伤到哪处没有。

见哥哥并不责怪自己,紧张不安的小丫头顿时觉得浑身疼痛起来,便指着自己的腮帮子,泪汪汪跟哥哥说道:"刚才这儿着地了!呜!"

小言一看,那处果然粘满尘草,略一抹去,便发现颊上已然红肿。见到这般狼狈模样,小言赶紧带琼容到附近一处小溪旁清洗。

待脸清洗好,小言便以少有的严肃口气问道:"琼容,上次哥哥御剑飞行,差点掉下来摔死,你怎么还敢偷来这儿学飞?"

见哥哥郑重的神色,小姑娘半天才憋出一句话:"……我、我也是心里着急!"

"着急?"

见小丫头欲言又止的样子，小言便觉得这事大有必要问清楚，然后才好打消她这危险的念头。

盘问了半天，费去小言好多口水，最后小丫头才忸怩地说出真正的原因。

原来，这事还与小言有关。自上次小言练习御剑飞行摔下来，被一只大鹏鸟救了之后，琼容心底就十分不安，觉着自己也长着翅膀，却什么忙都帮不上，心中好生难过。于是，出身奇特的小姑娘便决定来这偏僻处练习飞行。那几只旁观的山鸟，正是她请来的飞行教练。

可惜的是，无论她怎么用心努力，却都飞不起来，最多只是摔轻摔重的分别而已。而且，尤其让她感到郁闷的是，到现在为止，自己并不是越练越好、越摔越轻。比如今天，就是近几天来几十次练习中摔得最重的一次。

"不想却恰被哥哥看到！"小姑娘一脸怏怏，感到自己十分倒霉。

听她这么一说，原本还有些生气的小言却再也兴不起任何责怪的心思，质朴的心间已是满腔柔情。

不知不觉间，小言已经半蹲下来，将琼容揽到自己的面前："你又为何要这样挨痛吃苦！"

见哥哥突然这样温柔地对自己，琼容不知怎么便觉得心里一下子好生欢喜，又好生难过，眼睛眨了两眨，泪水便如珍珠般扑簌簌落下来。

只见琼容抹着眼泪，哽咽着断续说道："琼容什么都不懂，只会给哥哥添麻烦……雪宜姐姐会给哥哥洗衣做饭，小盈姐姐又会写哥哥喜欢的诗文……只有琼容什么忙都不上。呜！"

谁能想到，这个平时似乎只爱玩闹的小丫头，小小心里竟有这么多的沉重。

"琼容，你想错了。"

"嗯？"泪眼蒙眬的小姑娘闻言有些诧异。

"我问你,如果哥哥什么忙都帮不了你,那你还会不会对哥哥好?"

"会呀!"

"嗯,同样,即使琼容什么忙都帮不了我,我也一样会对你好。我和你,还有你雪宜姐姐、小盈姐姐,并不是因为谁对谁有用才相处在一起的。这些道理,等你长大了自然就会明白。不过,有件事现在就要告诉你:在我心里,只要你每天都开开心心,就算是对哥哥天大的好了!"

"嗯! 我会对哥哥很好的!"

小言这番话,琼容听得似懂非懂,却觉得非常开心。她重重点了点头,想起哥哥最后一句话,便赶紧手忙脚乱地擦抹起脸颊上的泪水来。

大致抹去泪痕,琼容还是有些不放心,忍不住又问了一句:"是不是说,即使琼容再笨,又是妖怪,哥哥也会一直不嫌弃?"

"嗯,我永远都不会嫌弃你! 对了,琼容,你怎么又忘记了? 你是我张小言的妹妹,可不是什么妖怪。以后这两个字不要再提起。"

说到这儿,满腔温情的小言看着眼前泪痕犹湿、兀自抽噎的琼容,一瞬间似乎浑身热血都沸腾了起来:"妖怪? 妖怪又怎样! 妖怪也并不全都是坏的,不能用一成不变的眼光看待!"

想到这儿,小言开口说道:"琼容,我想明白了。"

"嗯? 想明白什么?"

"我还是要练习御剑飞行!"

小言心中又浮现起上次赵无尘欺上门来的情景:"若是遇到比赵无尘更强的恶徒,我该怎么办? 嗯,我只有趁现在有时间好好修行。那次火云山下天师宗弟子林旭说得对,'恃人之不攻,不如恃己之不可攻',只有自己变得更强,才能保护好身边的每一个小伙伴!"

这一刻,过去的饶州少年、现在的上清堂主张小言,终于第一次想通了这一点:和小盈不同,琼容、雪宜二人对自己的依赖更强,既然这样,他就应该担起相应的责任,不让她们受到丝毫伤害。

眼前还在使劲擦抹泪痕的小姑娘,又怎会了解小言这番心路转折,听说哥哥又要去练习御剑飞行,不禁大惊道:"哥哥,再等等呀!琼容还没学会飞行呢!"

"哈,妹妹不必担心。这些天我已经想明白了,上次遇险,全是因为我不够镇定,对有些口诀的理解也不够好,只会飞起,不会着地。这一次,我要去找清溟师叔,把口诀要点再好好问清楚。"

"噢!那我也一起去。"

"没问题!"

于是,兄妹俩踏上了归途。

半路中,一直若有所思的琼容忽地出言问道:"哥哥,琼容几天都飞不起来,是不是因为最近贪吃,胖了?"

小言听后不禁哑然失笑。

等他俩赶到抱霞峰弘法殿中,访得清溟道长后,小言才知道自己那次试练御剑术有多冒险。

清溟道长告诉他,上清宫中凡是有条件修习御剑术的门人弟子,都要先禀过所在殿观的师长,然后在他们的陪同下,一起去罗浮山中一处专门场所进行修习。

"专门场所?"

"不错。这御剑修炼的专门之所,便是罗浮山东南的积云谷。积云谷经得我教某代前辈施设法阵,习练御剑时,若在谷外能飞一丈,在谷内云团中则只能飞出一寸,并且绝不可能飞出谷外。这样便可保得我教弟子安全无恙。飞天之事,又岂可儿戏?云路千万条,安全第一条!"

听得清溪道长这么一说，小言暗道晦气。若是早知道有这样的好去处，自己又何须吃那场惊吓？那次意外，几乎让他断绝了飞天的念头。

对于清溪道长，小言也不隐瞒，便将上次御剑之事说了，然后顺便向清溪道长请教，到底自己为何失败。

听得小言相问，清溪道长便告诉他，应是他与飞剑沟通还不够完全娴熟，真正要随心所欲地御剑飞行，必须做到与飞剑形神相连。

"不过，贫道倒觉着有些奇怪。按理说，第一次御剑飞行，绝不可能像你说的那样飞得又高又远……是不是因为你道力精纯深厚？不对，应该不是，毕竟张堂主入山时日还短——哦！"

清溪道长随眼一瞥，似乎恍然大悟："一定是这把古怪的剑了！上次便见它灵气逼人……"

清溪道长忽想起上次遭此剑捉弄之事，不禁有些老脸微红。

于是，小言便在清溪道长的引领下，往那座刚刚提及的积云谷而去，琼容则一路小跑着颠儿颠儿地跟在两人身后。

到了积云谷，才发现这处巨大的空谷中，到处涌动着乳白色的雾气，流转卷动，缭绕蒸腾，远远望去，果然便似堆积了大片的云朵。

小言望了望，正准备抬脚进去，却忽从道旁一间小竹屋中传来一声中气十足的吆喝："喂！等一下！这位小兄弟还没缴造云费呢。"

话音未落，竹屋中便转出一人。

小言闻言停步，转眼看去，只见一位鹤发童颜、葛衣芒鞋的老头儿，拿着一只半旧托盘正朝自己走来。

不管小言诧异，清溪道长见老头儿过来，赶紧迎了上去，从袖中掏出十几文钱，铜钱叮叮当当落在那只粘满绿锈的铜盘里。

等铜钱完全定住，老头儿拿眼略略数过，然后便抖动着粉刷般浓密的白眉,满意地说道:"数目正好。你们可以进去了。"

小言正不明所以,却被心性方正的清溟道长一把拉过,认真说道:"这次的入谷钱,先从我弘法殿中出,回头再跟你四海堂结算。我们先走吧。"

经过笑呵呵的老头儿身旁,琼容还没弄清楚是怎么回事,便停下来仰脸问道:"老爷爷,琼容进去,哥哥要帮缴多少钱啊?"

"呃……"俗家打扮的老头儿刚才只顾收钱,倒真没注意小姑娘的样貌。经她一问,才低眉俯眼打量她一番,然后抬手比了比,才道:"你嘛……儿童免费。"

说着他便从铜盘里拨拉出几个铜子儿,弯腰递到琼容手中,说道:"小孩子不要钱。这几文钱,就还给你买糖吃了。"

"噢。"听得老头儿这话,琼容的小嘴立时嘟了起来,耷拉着脸悻悻地走了进去。

"那老者是什么人?"走出十数步,小言忍不住问清溟道长。

"你说那守谷老头儿? 据说他也是我们上清宫的道士,道号飞阳。只是有些奇怪,咱上清近五六辈里,都没有飞、阳二字,而自取道号的,又只有观天阁中的老前辈才可以。

"这飞阳老汉,一直说这谷中云气是他每夜作法积得,因此谁要进谷使用,都要付给他几文辛苦钱才行——其实掌门师尊也不知道这是怎么回事。不过反正他也上了年纪,就权当养老吧。"

"哦,原来如此。"小言听了这话,倒觉得这飞阳老头儿挺有趣。

且说小言入得积云谷中,有清溟道长在旁指点,又能放心大胆地试练,不到半天工夫,御剑飞行之术便大有进步,尤其在操控灵剑方面,又有了更多心得。

经得清溟道长指点,小言才知道,这御剑飞行的姿势可以有许多种,最

基本的，就是踏剑而飞。若功力精进后，又可不拘形态，坐卧皆可。

另外，让小言印象颇深的一点是，据清溟道长说，御剑飞行最难之处，便是静极、动极两个极端境界。静极，便是御剑悬停空中，如立平地；动极，便是瞬息千里，朝南溟而夕北海，亿万里之遥旦夕可至。

清溟道长说，无论静极动极，都是人剑合一的无上境界。

说到这里，清溟道长便满含敬佩地跟小言赞叹道："小言你上次也看到了，我上清掌门师尊御剑之术已渐臻静极的境地！"

自打这日之后，小言又费了二三十文钱，入积云谷练习了几次。最后，他终于能比较熟练地掌握御剑之术了。自此以后，若非与琼容等人同行，小言上下千鸟崖时便总是飞剑往来。

只不过，经过在积云谷中按部就班的练习之后，信心百倍的小言反而没能再像第一次尝试那样，在高天云空中迅疾地穿梭。眼前这说高不高的千鸟崖，对他来说，目前也只能勉强飞到。

这怪现象，让小言百思不得其解。不过，实践的次数多了之后，他已经积累了不少有用的经验心得。比如，每次御剑飞行前，都要检查一下随身的贵重物品，特别要记得扎好钱袋——这可是他损失了数十文钱后得来的宝贵经验！

在小言勤奋不辍的道法修行中，千鸟崖上的时光便如流水般悠然逝去。下得几场秋雨后，罗浮山中的天气一天比一天清凉。

渐渐地，当在下山山道上碰到越来越多袍服各异的道人后，小言才意识到，今年原始天尊诞辰那天的道门盛典嘉元会，再过十多天就要在罗浮山上清宫举行了。

第十一章
仙缘未合，何处蹑其云踪

过了中秋之后，天气渐转清凉。只不过，罗浮山地处岭南，一年四季温热时多，寒凉时少，即使日子渐往十一月奔，整个罗浮洞天中仍是一片葱葱郁郁，鸟语花香。

从小言所在的千鸟崖极目向南望去，只能看到几小块鲜红如火的山林，断续镶嵌在一片葱碧之中。当然，那些人迹罕至的绝顶高峰，则一年四季都是白雪皑皑，冰霜迭覆。

在十一月中，有一个重要的节气，便是"冬至阳生春又归"中的冬至。这一天，是一年中白昼最短、日影最长的日子，过了这一日，白天的时光就会越来越长。因此，前朝历法曾将冬至日定为岁首。而小言所处的年代，民间把这天视为"亚岁"。在冬至这一天，家家户户都要向家中长辈、坊间尊长拜节。

这个亚岁节气，对道家教门来说，又有更重要的意义。冬至日，是天下道教共推的最高神三清之首元始天尊的诞辰。每隔三年，在这一天，天下道教三大教门——罗浮山上清宫、委羽山妙华宫、鹤鸣山天师宗，便会聚集到一起，举行三年一度的道门盛典嘉元会，以恭祝元始天尊生辰。

当然,嘉元会虽是三大教门牵头举行,并且嘉元会的两个重头戏之一"斗法会",也只能由三大教门之人参与比较,但天下道门同气连枝,所以嘉元会并不禁止其他道门教友前来观摩。

事实上,嘉元盛典的另一个重头戏"讲经会",只要经三大教门尊长首肯,认为其人道德有成、名声卓著,即使是其他道门教友也完全可以登坛演讲。于是,在嘉元会上登台讲经,变成了世俗中一位道门修道者一辈子中能够获得的至高荣誉!

只要在嘉元会上讲过经,不管当时发挥好坏,起码说明此人已受过三大教门的认证,这对其他中小教派来说,可算是殊荣。有不少道门,甚至在门规中写明:继任掌门者,必须参加过三教嘉元会。若在讲经会上获得过提问机会,则继任排名提前;如果能在讲经会上获得演讲机会,则直接成为掌门继承人。

这种似乎不够严谨的门规,在实际操作中,从未出现两相冲突的情况。事实上,如果能得三大教门允许,有机会在众人瞩目的嘉元会上登台演讲,则表明此人已完全有能力、有声望开宗立派了。

那些并无机会上台演说的道友则占了绝大多数,对他们而言,仅仅是观摩听讲,随处走走随处看看,便已能大开眼界、获益匪浅了。毕竟,这可是天下道门精英荟萃的盛会;即使悟性再差、啥都没学到,只要能瞥见传说中三大教门的真人羽士,又或瞄一眼天下知名的闲散高人,那便已是不枉此行,足够自己回去后,在当地道友中炫耀好多时日了。

因此,无论是虔心向道还是慕名而来,三年一度的嘉元会都会吸引很多道士前往。那些偏远地区的道友,若是纯粹只修道德、几无法力,为了赶上嘉元会,都会按照流传广泛的嘉元全攻略,提前好几年积攒盘缠,然后提前大半年动身,跋山涉水,边游历边往本年度的嘉元会召开地赶。

不过,张小言这位上清宫新晋四海堂堂主,运气可算十分好。因为,今年冬至日正好赶上嘉元会三年一轮回,又恰巧轮到他所在的罗浮山上清宫主办,倒省去他一番长途跋涉之苦。其他两大教门挑选出来的赴会弟子,若未习得长途御剑飞行之术,则早在一两月前就三五成群地结伴上路了。

随着参会之人的次第到来,罗浮山上开始热闹起来。作为东道主,上清宫擅事堂早在一个月前便派专人候在入山几处必经之地,给每位来客分发预先编写好的详尽指示揭帖。在山中那些平坦谷地上,擅事堂早就延请工匠搭起大片的草庐,并提供充足的烧草米粮,供那些远游来访的道友食宿。

若是年老体衰、赶到罗浮山已是精疲力竭的老道友,则擅事堂会专门安排他们住在精心准备的安乐精舍中。否则,即使是名气再大的来访者,也一律住在这些临时搭起的草庐中。当然,求道之人本就不是享乐之徒,上清宫这样安排也算是依照惯例,没人觉得不妥。

不过,嘉元会另两个组织者妙华宫和天师宗,为加强三教门人之间的亲近感,都安排他们的弟子住在上清宫本门弟子的居舍中。妙华宫门人大都为女子,便都住在郁秀峰上的紫云殿中。

事实上,妙华宫这次前来赴会的三十几人中,只有一个男弟子,那便是妙华宫掌门玉玄真人的嫡传大弟子南宫秋雨。

说起这位南宫秋雨,他正是世俗武林中赫赫有名的世族豪家南宫一门的二公子。撇去这个不提,他本人也可谓大名鼎鼎。虽然比起同辈弟子来,他加入妙华宫较晚,但恰因玉玄真人认为妙华宫女子居多,便超擢了这个男弟子作为首徒,聊表阳气上扬之意。

妙华宫本就是世人瞩目的对象,现在又有了这件奇事,天下道门中人便莫不听闻妙华公子南宫秋雨的大名。他本人则生得丰姿毓秀,华美异常,正是翩翩浊世中难觅的佳公子,凡见过他相貌之人,莫不赞其雍容俊美,世间鲜有其匹。

这几天，混在上清宫师兄群里，南宫秋雨觉得自己举止言行都格外痛快舒畅，整个人的精神也变得特别好。这不，今天一大早，天都还没亮，妙华公子就已经起床，草草洗漱后便在晨雾迷茫的罗浮山麓中闲走。

清晨的罗浮山正浸润在一片雾气云岚之中。此时正是寅时之中，东天上只微微泛起少许亮色，西天则仍笼罩在一层凄迷的暗色之中，似乎掌管黑夜的神灵仍在那处徘徊，迟疑着不愿离去。

夜晚的山岚，似乎还没褪尽，清晨草木间就又蒸腾起一片轻柔的水雾。两者交融在一起，便让眼前的山路氤氲起一团团纱缦般的乳白晨雾，让早起散步的南宫秋雨只看得清眼前十数步内的景物。

与大多数道友还在睡梦中不同，现在道旁的青翠竹林间已是鸟语啁啾。弥漫的晨雾，让这些林间精灵的歌唱听在耳中都似乎有些不真实起来。

嗅着山野清晨中饱含水意的清新空气，南宫秋雨忍不住赞叹道："罗浮山就是不一样啊，连空气都是这般清爽！"

在这位妙华宫男弟子心里，自己所居的委羽山中连山间云气里都似乎掺和着脂粉香味儿。

就在这位妙华宫大师兄在山道上慢慢踱步，尽情享受清新爽快的罗浮晨景时，忽听得前面浓雾中有一阵脚步声轻轻传来。这脚步声在二三十步之外，但南宫秋雨的听觉岂比常人，虽然隔着雾阵，这几不可闻的上山步履仍然声声传入他的耳中。

在空寂的山道上走了这么久，还是第一次碰到其他人。南宫秋雨一笑，心想："正是莫道君行早，更有早行人啊。想不到还有人比我起得更早。"

在这样清寂的清晨，能在寂寞的山道上遇到其他人，让南宫秋雨心中感到几分莫名的亲切。听脚步声近了，他便略略往旁边避了避，准备打声招呼后,好让那人通过。

渐渐地,那轻缓的脚步声近了。就在来人从雾中现出身形之时,原本随意站在道侧的南宫秋雨却突然如遭天雷轰击一般,霎时愣在原处:"我、我这是遇仙了吗?"

南宫秋雨定定的目光看落之处,从烟霭氤氲、幻若蝉纱的乳白雾帐里,渐渐浮出一位清妍纤丽、貌若梅雪的白裳女子。她正手挎竹篮,莲步楚楚,经过翠绿欲流的竹林朝这边飘摇而来……

不知见过多少美貌佳人的南宫秋雨,一看到这位沐着一身烟露的女子,立时就傻愣愣呆在当场——青山远去,鸟鸣远去,烟岚远去,眼前整个天地乾坤中,仿佛只剩下这位纤媚如烟的清泠仙子。

而半路邂逅的仙子,见他只顾在道旁怔怔盯着自己,一时竟似乎有些羞赧,低下蝉鬓轻盈的头,从他身旁如岚雾般轻轻飘过……

等失魂落魄的南宫秋雨重新回过神来时,却发现山道中早已是雾鬟渺渺,人去途空。

希冀再睹仙颜的妙华公子,急忙用上本门绝技蹑云步,急急追上数十步。可是,无论他怎么找寻,却再也看不到伊人芳踪。

此时,晨雾已渐转依稀,东边云天上也渐显出鱼肚白色。放眼望去,正是林幽雾渺,石单云孤,缥缈的薄霭中,只飘荡着一缕若有若无的素淡花馨。

"刚才,只是一场梦吗?"怅惘的妙华公子,在狭长的山道上徘徊许久,反复问着自己。

略过惆怅的南宫秋雨不提,再说晨光中的抱霞峰千鸟崖。

袖云亭旁的石坪上,一位清俊的少年正在微薄的雾岚中翻翻舞剑;亭中石凳上,一位身姿娉婷的少女正饶有兴趣地支颐看着少年剑舞。

此刻若细心看去,便会发现石坪西南的崖口山石上,已新錾上几个鲜红的大字:访客止步。

这是几天前擅事堂专门派人前来錾刻的。

就在此时,一位身着白色粗布裙衫的女子从崖口走上石坪。见她到来,舞剑少年便停了下来,朝她笑道:"辛苦了!雪宜。倒要你起这么大早,去山中采药。"

"小言客气了,没有什么。这愈血通筋的三叶青,只在晚间开花,一见晨光,花便败了。若要采它,只得起早。"

"原来如此!说起来都是琼容顽皮,又一个人偷偷跑去玩耍。结果,这次又摔破了嘴皮。唉!"想起那个不听话的小妹妹,小言无奈地摇了摇头。

听小言如此说,雪宜微微一笑,道:"不敢耽搁小言练剑。我先进屋去,看琼容妹妹醒了没有。"

"嗯。"小言随口答应了一声,忽又似想起了什么,便唤住正要进屋的寇雪宜。

"小言何事?"相处这么多时日,现在寇雪宜也不再把"堂主"二字整天挂在口边了。

"呵!也没啥事。只是想说,雪宜你最近气色越来越好了。"

小言口中说着称赞的话,心中却想着,这些天雪宜越来越精气十足,恐怕与她每次在自己炼神化虚之时,一起沐化天地至纯灵气有关。只不过,这彰显自己功德之处,就不便一起说出了。

听小言夸赞,寇雪宜只羞涩一笑,就挎着药篮走进了屋里。然后,那处石屋之中就响起了琼容特有的响亮的早晨问好声。

"小言,雪宜姐刚才似乎有点害羞。"小盈笑道。

"是吗?我倒看不大出来。只是她气色变好了,我也得让她知道。对了,小盈,既然这些天你都不必上郁秀峰修习,那从今天开始,我这一堂之主就把一些养气安神的法子一股脑地都教给你,这样你的气色也会越来越好。顺便,你也帮我多看着琼容一点,不要让她又偷溜出千鸟崖胡乱玩闹。"

"嗯!好的。"似乎为了映衬两人这最后一句对答话语,屋中那个正被敷药的小姑娘忽然迸发出一声响彻云霄的呼痛声……

就在妙华公子山道遇仙后的第五天,天下瞩目的道门盛典嘉元会终于在东南人间仙境中正式开始了。

第十一章 仙缘未合,何处蹑其云踪

第十二章
百丈风波,起于青蘋之末

三年一度的道教盛典嘉元会总共持续四天。

前两天,主要是道教仪式和讲经说法。第三天开始,则是三教弟子登台斗法,决出第四天最后争夺头名的两位对决者。

嘉元会第一天上午,小言与堂中几人早早起来,一番洗漱用餐后,便翻出袍服冠履,穿戴整齐。自然,早在几天前,小言就已去擅事堂替小盈领来了整套袍服。

一阵忙乱后,四海堂众人都已焕然一新。

四海堂堂主身披绣着雪白仙鹤的玄色道氅,头戴冲天冠,脚踏登云履,一派飘逸出尘景象。其余几个女孩,皆是一身微泛粉色莲纹的素黄道袍,青丝上覆一顶雪色逍遥巾,足下踏五瓣莲花屐,袖带飘飘,望去袅娜如仙。

这天上午,将在飞云顶上举行盛大的庆寿科仪,庆祝元始天尊诞辰。以小言现在的身份,如此大事,自不可怠慢。早在卯时之中,抱霞峰四海堂堂主就一声令下,率领堂中众人次第下崖,直往飞云顶而去。

一路上,陆续遇到不少打扮各异的道人。

这些年纪参差不齐的别教道友,一见到这几个恍若神仙中人的少男少女,俱都忍不住在心中喝一声彩。倘若眼光麻利的,又看见小言几人袍袖边上绣着的"罗浮上清"四字,则更是恍然,皆道只有天下第一道门上清宫中才有此等人物。

这也正应了"人要衣装"这句话,现在看到少年张小言这一副仙风道骨的洒脱模样,谁又能想到这位小神仙不到一年前竟还是某酒楼的主力乐工?

到了抱霞峰山腰,在通往飞云顶的会仙桥旁,小言意外碰到几个熟人。那几个在天然石桥桥头逡巡徘徊之人,正是几个月前在火云山一同浴血御敌的林旭三人。

林旭、张云儿、盛横唐这三位天师宗弟子似乎正在等人。正在小言乍见故友要上前打招呼时,却见这几位天师宗门人已经一齐迎了上来。

一起在烟火杀场中出生入死过,几人见面自然是分外亲热。原本端庄的张云儿,更是一把就将袍服俨然的琼容抱了起来,在她柔乎乎的脸蛋儿上猛亲了一口,逗得小姑娘咯咯直笑。

一阵寒暄后,小言便问道:"几位师兄师妹,在这儿等什么人呢?"

"就在等你们呀!"林旭满脸笑容,用力拍了小言肩膀一下。

"等我们?"

"是啊。我们这可是奉了师命!"

"师命?"小言原本只是随口一问,却被林旭说得越来越糊涂。

见小言一脸迷惑,面容亲和的张云儿便放下琼容,敛衽一揖,然后抬头嫣然笑道:"还望张师兄原谅云儿不告之罪。"

"呃?"小言越发糊涂。

只听温温柔柔的天师宗女弟子张云儿婉言说道:"张堂主,其实我正是天师宗掌门张天师的女儿。我爹爹听了上回你的剿匪事迹,赞不绝口,称你智勇双全,在三教年轻人中可谓一枝独秀……"

　　说到这儿，说话之人却比听讲之人羞意更浓，欲言又止，一时竟说不下去。

　　一直没怎么说话的盛横唐，见师妹嗫嚅，便哈哈一笑，接着道："于是师父便颁下掌门令，让我们几个好好跟张师兄亲近亲近。若不是师父要忙着和你们掌门师尊还有玉玄大师安排祭祝事体，原本还想来和你畅谈一番呢！"

　　听得盛横唐这么一说，小言立觉受宠若惊，口中逊谢不迭。不知怎么，张小言觉得那位张盛张天师应该和神龙见首不见尾的云中君是同类高人。

　　此后小言把小盈、雪宜二人也介绍给了天师宗几人。

　　瞧着举止恬雅如仙的小盈、姿态凌霜拔俗的雪宜，盛横唐、林旭这几位天师宗未来的骨干，心中尽皆惊骇不已："这位年纪轻轻的四海堂堂主门下，竟有这等超绝人物！也难怪天师千叮万嘱，要我们对这位少年万分尊重。"

　　除了这个念头，几个天师宗弟子也是心思各异。比如，林旭心中便转过一个念头："若当日小言也将这二人带到揭阳军中，我等初见时是否还会轻看他？"

　　待一行人赶到飞云顶上时，发现石砌广场上早已人流穿梭，热闹非凡。原本宽广辽阔的飞云峰顶现在竟觉出几分拥挤来。

　　在广场中央戊己方位的石质太极旁，擅事堂已搭起一座三丈高的四方石台。高台四侧，石阶呈对称形状延展四方。今日主要的仪程，便要在这高台上完成。

　　到了辰时，嘉元盛典的庆寿科仪便正式开始了。已经过清心洁身一月的三教高人，依次缓步踏上高台，在一片霞光灿烂中开始了一系列祭祝流程。

　　仪式程序包括设坛摆供、焚香化符、念咒诵经、道乐演奏、上章赞颂，种种礼节繁缛复杂，讲究非凡。

　　虽然祭祝过程繁复冗长，但现在飞云顶上所有道众尽皆诚心诚意，配合着高台上的法事,一丝不苟地完成着需要自己参与的程仪。比如,跟着台上的高功道士们,一起颂唱祝寿经歌。

对于腿脚站得有些酸麻的小言来说,现在高台上紧张而庄重的祭祝程式,其隆重程度与上次讲经会完全不可同日而语,正好让他这个中散大夫大开眼界。

不过,今日祭祝之事,小言并非完全只是看客,还有一个非常重要的任务需他来做。

按照祭祝仪程,嘉元庆寿科仪的最后一个重要环节"上章赞颂"时,高台上会同时演奏一曲宏大的道乐《长生酒》。在这之前,小言已接到掌门之命,要他在此曲中领奏。科仪主要规划人灵庭真人,正是受到七月讲经会启发,特地让四海堂堂主奏上一支笛曲。若能引得雀鸟来翔最好,若是不能也无伤大雅。

于是,在妙华宫玉玄真人举起青藤纸写就的赞颂章表,开始一唱三叹地歌诵上奏天庭的文字时,小言已拾级来到高台上,举起玉笛领奏起祝颂天尊生辰的《长生酒》来。

虽然,此刻眼前高台下黑压压地站满了天下的道德高士,但小言心境早已与上次登台讲经时大不相同。况且,这次并非要他讲经,只是要他吹笛。旁的也许不敢打包票,但吹笛之事,对小言来说可谓十拿十稳,任什么时候都不会害怕胆怯。

而让小言这次尤有信心的是,经历了最近的一些事情后,他已渐渐发觉,罗浮山中的鸟兽禽木似乎与自己越来越亲近了。

因此,还在灵庭子几人担心小言能不能吹响笛子时,在一连串灵逸的仙音中,飞云顶上空已经渐渐飞集起羽色奇异的仙禽灵雀。

一时间,飞云顶上空飞鸟翔舞,真个是灵羽翙翙,雪翅豜豜,就如同瑶池

仙境一般。这般异景,看得台下心诚意虔的修道之人如痴如醉。

这些奇异禽鸟,初时只在小言头顶盘旋飞舞。过得片刻,心有余裕的小言觉着有些不对劲,赶紧笛声微变,向这些羽灵通达心意。于是,这些翔集的飞鸟便渐渐分出一拨,围绕着正曼声唱颂青藤辞章的玉玄真人上下环舞不已。

霎时间,灿烂纯净的日光中,仙乐飘飘,雀影翩翩,道唱声声,让飞云顶上所有聆观此景的道门中人心醉神驰不已。最后,玉玄真人忽然高声赞颂,这些羽客道士才如梦初醒。

只见妙华宫掌门玉玄大师踏罢步斗,正声颂道:"身从元始,妙号天尊,万物之祖,盛德可称。精贯玄天,灵光有炜,兴益之宗,保合大同。香火瞻敬,五福攸从,嘉元毕具,功满圆融!"

颂音落时,与上次讲经会相似,台上台下众道人俱是高声诵唱:"无量天尊!"

这一次,道号声更响亮恢宏,巨大的回音在飞云顶四周山谷中轰轰回响,久久不绝。

这日下午,嘉元讲经会便正式开始了。

讲经会在飞云顶、松风坪两处进行。两处广场草坪上都搭起了多个石台,同时可供数人演讲。

讲经的时辰安排,嘉元会的组织者已预先拟定好,时间、主题、演讲者的名姓道号以及简略经历,都已经汇编成册,预先发放下去,让参加嘉元会的访客道友一目了然,方便他们合理安排自己的听讲场次。

因此,在各个讲经石台之间,常常人群流动,热闹非常。现在,已经完成为期四天的嘉元会上所有任务的四海堂堂主,正带着几个女孩在飞云顶上四处晃荡,哪儿热闹便往哪儿逛。

四处闲逛时,小言偶然发现,那个积云谷的收费老汉飞阳道人今日竟也穿着一身皱巴巴的干净道袍,在人群中穿梭来往。他手中还高举着块木牌,上面也不知写着什么字。

这之前,小言几次前往积云谷练习御剑飞行,也算与他混得脸熟。见他也来赴会,举止又甚是怪异,小言心中便生出不少好奇,紧走几步赶过去,要瞧瞧究竟是咋回事。

等走到近前,看清木牌上涂写的东西,小言不禁哑然失笑。

原来,飞阳老汉手中那块黑乎乎的木牌上,用白石歪歪扭扭写着一行字:罗浮胜境积云谷,不得不游!

在这行字下面,画着简明地图,指明到积云谷的路线。

"哈!这老头儿有趣得紧,和当年的老道清河有得一拼!"

正这么想着,却突然发现飞阳道人身旁围观的几人中有一人的背影十分熟悉。

"难道那是……"

正在小言迟疑时,那个熟悉的背影已经转过身来,对着正唾沫横飞使劲讲解的飞阳老头儿嚷道:"我说老飞阳,广告也做得差不多了吧?咱该早点寻个清静处喝酒吧!"

看到此人面貌,小言立时大喜过望,急忙赶过去,不客气地叫道:"清河老头儿,你竟在此!却不去千鸟崖寻我?"

原来,飞阳旁边嘴里正馋出酒虫来的老头儿,正是当年饶州善缘处的那个老道清河!

虽然,所谓"居移体养移气",清河老道现在面色红润了许多,但他那一脸略带狡黠不羁的招牌笑容,还是一眼就让小言认了出来。

原本,小言在心中打了不少腹稿,决定等自己再见到这位深藏不露的市井高人时,一定要恭恭敬敬地深鞠一躬,然后恭恭敬敬地向清河老前辈请安,请他原谅自己多年的有眼不识泰山,并免去老人家馋酒欠下的连本带利的四十七文钱……设想得不可谓不周到有礼,可当他一看见老道那熟悉的嬉笑面容时,立马便故态复萌。

且说两位老朋友相见,自然格外亲热。两人都只顾抢着说自己分别后的事,倒把旁边几人扔在一旁。

那个老道飞阳,一见这两位多年故友今日重逢,也甚是高兴,赶紧趁着这当口儿,抓紧跟路过的几位道友继续推销自己那"罗浮胜境"。

当小言问起清河,为何早已到罗浮五六天,却不去寻他喝酒时,清河老头儿苦着脸叫起屈来:"小言你说,我这等远游入世修行之人,好不容易上山一次,你那掌门师尊还不可劲儿使唤我? 这些天,那老道一直让我在旁边瞧着嘉元会的鸡毛蒜皮之事,一步都不放我走开。否则,哼哼,哪有不到你堂中大宰特宰之理?!"

瞧老道这一脸悲苦愁闷的样子,小言却兴奋地说道:"这么说,灵虚掌门是不计较你以前的罪过了?"

"也许是吧……咳咳! 什么罪过不罪过的,说得这么难听! 我老道清河从来都——"

本以为小言啥事都不知道的老道,撞天屈撞到这处,却忽瞧见小言脸上似笑非笑的神色,便立时止住不言,一脸不自然地尴尬笑道:"晦气! 真是好事不出门,坏事传千里。也不知是哪个嚼舌头,若是让老道我知道,哼——得,不提这晦气事了,咱爷儿俩许久不见,这次一定要喝个天昏地暗,不醉不休! 飞阳,飞阳!"

清河老道一边扯住小言袍袖,一边跟那个还在推销景点的老头儿大声呼喝。

"哎，老道别急，还没跟你介绍我堂中这几位女孩子哪！"

"走走！这些无聊事以后再说。这些女孩子，你还愁跑掉？"

老道跟小言挤眉弄眼。

"呃……"

于是，在这样重要的听经日子里，穿戴得"道貌岸然"的四海堂堂主，只来得及跟小盈她们略略交代几句，便被另一个今天同样打扮得"道貌岸然"的马蹄别院副院主拉去别处松荫下一道喝酒猜拳去了。

被撇在后面的小盈、雪宜二人目睹此情，不由得面面相觑。只有小丫头琼容急急冲出几步，口中自言自语道："哥哥喝酒，又忘带我了！"

还没走出多远，小丫头便被小盈、雪宜二人同心协力地捉回去了。见左右小手都被擒住，小姑娘只好乖乖地跟着两个姐姐四下随意闲逛。

再说今日也来观摩嘉元讲经会的南宫秋雨。此刻，这位妙华公子正在一群女道人中，被一阵叽叽喳喳的辩论声折腾得头痛不已。自然，这辩论并不是啥经文辩解，而是他身周几位妙华宫女门人正在为去哪一处讲经台听经而争论不休，并迟迟拿不定主意。

"唉，连修道之人也是如此，那世间还有真正美妙的女子吗？"目睹身畔的纷攘，南宫秋雨在心中喟然长叹。

也难怪这位身在衣香鬓影里的妙华公子有此喟叹。世上立志潜心修道、耐得住山中清寂的女子，大都心性坚定，又或心思颖慧。而其他方面，比如性情人物，就真的很难说了。

正在妙华公子心中怅然之时，不经意间，眼角余光似乎在瞬间捕捉到了一个熟悉的身影。

"是她?!"南宫秋雨瞬时呆怔，刚才所见之人不正是几天前在清晨山道上遇到的仙子？

顿时,这位一直怏怏的妙华公子猛然间仿佛被奔马惊着一般,猛地一把拨开纷扰的人群,优美的身形绕过不相干的障碍,直朝刚才目光掠过的地方急射而去!

只可惜,最终的结果却让这位满腹痴想的南宫公子失望不已。等他赶过去时,那儿已是人流变幻,仙踪杳然。无论他怎么找寻,却再也寻不见靓丽身影。

"唉,世人常说可遇而不可求。可我现在,遇都遇不着! 难道说,这从头至尾真的只是一场幻梦? 那些上清师兄都说,这罗浮山中的仙子从来都没有提篮形象……三清祖师在上,请保佑弟子能再见仙颜!"

就在南宫秋雨胡思乱想过后,正虔心祈祷之时,有两个师妹寻来,扯住他道:"师兄,原来你在这里! 我想去听朱雀石像旁那场洞玄经演讲,你说好不好? 那个灵庭大师,真的好和蔼呢!"

"不是吧,师姐? 我觉得他很瘦耶!"

嘉元会头两天的讲经会,在这样的纷纷攘攘、热热闹闹中度过了。

到了第三天,让人更感兴趣的斗法会便在飞云顶上正式开始了。

本次斗法会,最后胜出者将被奖赏一颗九转固元雪灵丹,并获得在三门中任选一位前辈进行道法讨教的宝贵机会。

这次斗法会奖赏的九转固元雪灵丹由妙华宫提供。这丹药由妙华宫用秘法炼制而成,可以固本培元,牢魂束神,冶炼根骨。若有机缘食化它,则今后的道法修行极可能豁然开朗,享一片坦途。因而,雪灵丹这样点石成金的丹药实是天下修道人眼中的至宝。在这次嘉元会上,这个奖品又有不同的意义:若能拔得头筹,则三大教派的掌门会一齐出手,助夺冠弟子运化这颗灵丹。这意味着,原本普通服用药效最多达七成的丹丸便几可发挥全部的效力!

宝物动人，又能得世上顶尖高手耳提面命，怎会不让这些年轻的修道人怦然动心？因此，这次所有经师门选拔出来的年轻弟子皆在暗中摩拳擦掌，誓要力拔头筹！

这次代表上清宫参加斗法会的，总共有十人。小言认识的几人，如华飘尘、杜紫蘅、黄苒、田仁宝，都在其中。另外，还有那个赵无尘。

赵无尘在床上躺了两个多月后，便告复原。因他道法尚佳，入得同辈前十，便也被选在十人之中。

那个整日醉心寻宝的崇德殿弟子田仁宝，别看资质一般，平时不显山不露水，这次不知怎地，却能从众多同门中脱颖而出，直让众多原本觉得比他高强的同门艳羡钦慕不已。

另一位与小言相熟的弘法殿弟子陈子平，则因为资质平平，不出意料地名落十人之外。

经过一阵乱序抽签，第三天开始的嘉元斗法正巧从四海堂堂主张小言相熟的两人之间开始。这两人便是天师宗的林旭和上清宫的赵无尘。

此刻，已完成嘉元会上所有任务的四海堂堂主张小言谢绝了老道清河的喝酒邀请，拼力挤到飞云顶斗法台前，替朋友林旭观战助威。

鲜红的晨光中，天下两个最大道门的杰出弟子之间便要上演一场龙争虎斗般的道法比拼。

谁会成为那颗这场天下瞩目的道门盛会中最璀璨、最耀眼的明星呢？

第十三章
九曲迷踪，英雄莫问出处

本次罗浮山三教嘉元会的斗法大会，首先在上清弟子赵无尘与天师宗门人林旭之间进行。

这日上午，小言早早就来到斗法台下，与琼容一道，两人齐心协力挤到人前观看。此番，雪宜并未前来，小盈陪她一起在千鸟崖上歇息。

时辰一到，赵无尘、林旭二人便拾级登上石台，开始斗法会的第一场比较。与此同时，一只计时的沙漏也被翻倒，以免比斗无限期地进行下去。

现在台上天下第一、第二道门的两位杰出弟子像是约好了，皆着一身月白道袍。在东天火红晨光映照下，二人俱显得分外洒脱出尘。

另外一个凑巧之处，便是开幕战的二人恰好都是心高气傲之徒。因此，了解这两人脾性的长辈同侪全都对这场揭幕战充满期待。

现在台下挤着的观战之人，除了那个手持木牌的飞阳老汉有些可疑之外，其他都是清修天道的羽客。只不过，这并不妨碍他们对这场比较的胜负充满兴趣。毕竟，只要是教门，之间便免不了竞争。虽然上清宫、天师宗同属道门，但一个是出世的魁首，一个是民间的巨擘，难免会暗中较劲。

于是，在众人瞩目中，林旭、赵无尘互相一揖，按规矩各报姓名：

"天师宗张天师门下林旭，请师兄指教！"

"上清宫灵庭道人门下赵无尘，请林兄指教！"

交代过后，这两人便各展身形，开始正式比斗。

只是，让众人大感奇怪的是，这两人在互通姓名之后，却变得无比悠闲，似乎一点紧张的气氛都没有。这场景，正好与台下观看者屏息凝神的紧张形成鲜明对比。

特别是上清弟子赵无尘，长身颀立，双臂交叠胸前，似乎正好整以暇，只等林旭来攻。而天师宗林旭，见状似乎反不敢轻易下手，只在赵无尘前面一丈处磨蹭，周而复始，就是一步都不向前移。

"赵无尘又在搞什么鬼？以他的心思，恐怕没这么简单。林兄可别着了他的道儿才好。"站在台下观战的四海堂堂主张小言目睹这般怪状，不禁颇替林旭担心。

其他人则即使台上景况再是稀松，却也丝毫不敢松懈，只把两眼一瞬不瞬地盯着台上二人，生怕错过了突然爆发的精彩对决。

小手被紧紧攥在哥哥手中的琼容，见状却极为不解："林哥哥怎么老不去打那个坏蛋？"

只不过，琼容也只是小声嘀咕而已。今天早上来飞云顶之前，她已被小言反复叮嘱过，让她在大庭广众之下千万不能顽皮。

不唯小姑娘疑惑，正在高台东侧凉棚中担当评委的三教前辈也都对台上这古怪状况有些诧异。只听红脸膛的张盛张天师对身旁的灵庭子一笑，说道："灵庭真人，赵师侄这养气功夫可谓登峰造极。正可谓不动如山，凝滞如渊，颇合清静无为之道啊！"

"哪里。"灵庭子微微一笑，谦逊道，"天师门下那位林旭小兄弟，才真是悟得清净三昧：不急不躁，进退自如，趋退间宛如流水般顺畅，这步法也是精

妙之极。"

两位道家高人虽然嘴上客套,互赞着对方弟子,但内心里都还是希望自己的门人胜出。毕竟,这可是嘉元会第一战,这两个年轻人代表的可是双方教门。若能胜出,便可振奋本门弟子的信心,再经这些来自四面八方的观者传扬出去,便可大大增强本门的号召力。

再说台上的两个主角,过了这许多时,却还是一成不变。不动如山的,继续矗立;趋退自如的,照样转圈。

虽然,在明灿飒爽的朝阳晨风中,伫立之人长发飘飞,白衣胜雪,说不尽潇洒风流,但这同一个姿势摆得太久,看在众人眼里,就显得有些怪诞起来。

就在耐心的观战者还在满含希望地等待着石破天惊的那一刻,却忽听得司辰小道童一声响亮的宣号:"沙漏尽,时辰到!"

一听此言,众皆哗然!

难不成今年嘉元盛会的斗法会第一场就在这样的莫名其妙中完结?那谁是胜者,谁是输家?

正在众人一头雾水时,却见那位一直游移不定的天师宗弟子林旭忽地立定,朝对面矗立之人一揖,朗声说道:"赵兄承让,让小弟侥幸赢得这场!"

几乎与此同时,那位一直伫立的上清宫门人也有了些动静。片刻间,只见赵无尘忽地如释重负,浑身舒展开,交叉的两臂也放了下来。

微微愣了一下,赵无尘便也颇有风度地朝林旭一拱手,说道:"林兄果然机谋非常,这无影无踪的定身符果然厉害。这一场,赵某输得心服口服。"

此言一出,台下众人,包括灵庭子、张盛二人,尽皆面面相觑。

于是第一场比试就在这般波澜不惊中悄然结束。

这场比试,若按原先的真实本领,其实赵无尘也不会这么简单就输掉。只不过,上次他不幸坠崖,颇伤元气。伤势痊愈后,赵无尘又有些以小人之心度君子之腹，生怕那位法力机谋俱超自己的四海堂堂主挟嫌暗中报复，便整日惶惶不可终日。因而，近几月来，他道法并没什么长进，今日一个不防，竟着了林旭的道儿。

天师宗年轻弟子林旭，以他本来脾性，绝不会像今天这样只求胜出，不求光鲜好看。有此转变，实是因为火云山一场血与火的生死淬炼，让这个名门弟子的心性有了颇为显著的改观。

只不过，四海堂堂主张小言却不知今日这场奇怪的比斗说到底竟与他有些干系。现在，他正满脸笑容地朝走下台来的林旭道贺。

此后，嘉元斗法会上的各种比较次第进行。

与林旭、赵无尘这场不同，其他场次的法术比较，真可谓冰光火影，木阵石林，各种妙术层出不穷，直让人眼花缭乱。在这些道门精英的法术比较中，又掺杂着三派教门的胜负之数，便让那些与某一门派颇为亲近的远来道友看得心神俱与、如痴如醉。

似乎要与第一场古怪的斗法遥相呼应，嘉元斗法的最后一场决胜之战，在知情人眼中也显得颇为怪异。

最后争夺那颗九转固元雪灵丹之人，一位是妙华宫掌门玉玄真人的得意门徒卓碧华，另一位竟是上清宫弟子田仁宝！

卓碧华的胜出，算得上众望所归，毕竟即使是没听说过她名头之人，也可从她与上清宫弘法殿大弟子华飘尘那场惊心动魄的斗智斗勇中看出她实力非凡。卓碧华、华飘尘，这两人任谁获得最后的决胜资格，都不会让人意外。

说这决胜局怪异，正怪异在另一位脱颖而出者田仁宝身上。

上清宫弟子田仁宝获得与卓碧华同样的机会，无论怎么看，都显得不那么顺理成章。须知，即使那些对上清宫颇为了解之人也大多从没听说过田仁宝这个名字。

这位资质一般的崇德殿弟子，开始时被列入十人之选便颇为勉强。包括师长灵庭子在内，任谁都没想到，默默无闻的田仁宝竟一路冲杀到了最后！

虽然，其中过程跌跌撞撞，但每次他都是有惊无险。最后站上决胜台前，更是一举战胜了实力不俗的妙华公子南宫秋雨！

于是，在第一场比较中失了颜面的灵庭真人此时心中颇为欣慰，暗暗想道："看来，还是我平日疏忽了。这些场次瞧下来，仁宝虽然所用法术平常无奇，但若仔细留意，便会发现他对法术义理有着惊人的理解。每样法术竟似是信手拈来，且总在最适宜的时机，使用最适宜的法术。

"也许，正是这样默默无闻的弟子才能平心静气地研修道法吧。

"唔，以后我倒要多加留心，多发掘像田仁宝这样看似普通的后进弟子。这次不管结果如何，我都要向师兄推荐，让他直接跟掌门学艺。也许，清溟师侄的道法对仁宝来说已经有些不够了。"

这边灵庭道人因为发现一株久被埋没的好苗而不胜欣喜，那边玉玄真人却对座下大弟子南宫秋雨的落败颇感诧异。

在她看来，那位上清宫弟子田仁宝似乎道法也没什么出奇，怎么就把自己寄予厚望的爱徒给击败了呢？

直到这时，妙华宫的女尊者才注意到，她这位悉心栽培的男弟子竟似乎有些魂不守舍。不过，见他新败，玉玄真人一时也不便说什么，只等回到委羽山之后再细细处理。

无论是旁观者还是局中人，是惊喜还是遗憾，嘉元盛会的最后一场重头戏便要在第四天下午上演了。

此时，前几日飞云顶上那些临时搭建的讲经台、斗法台都已被全部拆掉。几乎所有道友现在都聚集在峰顶广场上,围绕着中央那座巍巍高台,在青砖水磨地上次第坐开。

小言这位上清宫四海堂堂主则列坐在高台近侧的青叶凉棚中。小盈、雪宜、琼容全部在他身后。不知是不是为了照顾女子,擅事堂的弟子特地给小言这几个随侍之人也端来轻木墩座。

现在小言面前那座用来最终决胜斗法的石台,正是上清宫前辈宗师们运用法力,在一个时辰内搬运巨石砌成。这座高台,正砌在广场的石质太极之上。

这座巍巍矗立的高台四周环绕飘浮着无数白石,白石悬在空中,载沉载浮。一道道不知从何处而来的水流,从这些飘荡白石上汩汩漫过,不断从高处跌堕到低处。

此刻,端坐在凉棚中的四海堂堂主张小言已得了前辈们的指点,知道这些看似杂乱无章的悬空石块正组成一个神妙的九宫八卦迷踪阵。除这石阵之外,高台四侧再无台阶,将要上台比试的卓碧华、田仁宝二人必须得先走过这迷踪石阵才行。

决胜之战开始前安排这个石阵,正是要考较两位对决者的道家义理修为。毕竟,此刻有机会登上高台之人,俱是万中选一的人中龙凤。对他们而言,这场比试已并非仅仅局限于比较法术高下。

看着那些水雾缭绕、动荡不安的石块,小言一时觉得有些头晕眼花。他在心中胡思乱想道:"当年听陈子平说起嘉元斗法盛事,我还踌躇满志。现在才知,幸好自己没机会登台比试。否则,万一不小心拿到决胜资格,光这高台我便爬不上去!"

正在他暗自庆幸之时,却忽然想到一事,便问旁边红光满面的灵庭真人:"请问灵庭前辈,想来能到这高台上比试之人,大都会御剑之术。那他们

为何不直接御剑上台,绕过这考较石阵?"

听他问起,灵庭子正要作答,却听清溟道长在旁边笑道:"这个小言不必担心。如此短距离内,即便是这些年轻门人中的翘楚也绝不可能将御剑之术拿捏得如此准当,让自己恰好能不偏不倚地飞行到高台之上。那等功力,没有十年的火候怕是不行。"

"哦,原来如此。但如果他们能御气……"刚说到一半,小言便觉出这话愚蠢,立马止住不言。倒是清溟道长瞧了瞧不远处站在掌门身侧的本门新秀,有些担心地说道:"灵庭师叔,这九宫八卦迷踪阵,不知那位仁宝师侄……"

"呵呵!不必担心。仁宝能走到这一步,贫道已是十分满意。况且,虽然仁宝平时不显山不露水,但说不定今日便能在这嘉元会上一鸣惊人!"

"师叔所言极是。"

听得两位前辈对答,小言心下也颇为感叹:"惭愧,我也是眼拙了。想田兄能整日在地势险峻之处寻宝,自然是心性坚定之辈。今日能有如此成就,也不算意外,原先倒是我想差了。"

一想到自己当日还一本正经地劝田仁宝多花心思在道法修习上,少年堂主张小言就惭愧不已。

在众人翘首企盼中,过不多时,随着一声玉磬清音,嘉元大比的最终决战便正式开始了!

首先站在高台石阵前的正是上清宫弟子田仁宝。

此刻,飞云顶广场上静静端坐的道人,无论老少,无论门派,竟都在内心里期望着这个并不出奇的上清宫弟子能够顺利走过石阵。

那些在本门中一向普通平凡的年轻门人,则更是毫不犹豫地站到了田仁宝这边。在内心里,他们已把这位以前和自己一样普通的田仁宝看成是自己的化身,仿佛一旦这个神情和气、身材微胖的年轻道士获得成功,就代表自己实现了所有梦想。

承载了众人希望的田仁宝并没有让大家失望。只在高台下石阵前停留了一会儿,这位面相圆润的上清宫弟子便纵身而起,跳到一块白石上——

一见他起脚跳上的那块白石,灵庭真人便立时心下一宽。

果不其然,自此之后,无论那些落脚石块怎么动荡变幻,田仁宝都能如履平地,行云流水般顺畅走过。眨眼工夫后,这段在小言眼中直似天梯的石阵竟已被田仁宝走完。

只是,看到仁宝兄这番奔走,小言却总觉得有些怪异:"怎么总觉着田兄似是对这迷踪石阵颇为熟悉?"

正有些疑惑,却听旁边清溟道长击掌赞道:"田师侄这番行走,正是顺心遂意,深合我教自然之道!"

一听此言,小言顿时恍然:"原来如此。看来,这姜还是老的辣啊!"

见田仁宝轻松走过变幻莫测的迷踪阵,台下众人几乎都同时在心中松了口气:"善哉!这位田道友终于能与卓仙子一决高下了!"

三年一度的嘉元盛会经过这场比试之后,便要曲终人散,宣告结束。一想到这一点,这些观者便格外珍惜即将到来的最后对决。

就在众人仰着脖子极力朝那座高高耸立的石台上望去时,却异口同声地讶异了一声!

原来,那高台上竟不知何时已经上去了一位!

这位捷足先登之人现在正站在田仁宝面前,仰着脑袋,嫩声嫩气地说道:"张小言哥哥门下张琼容,请师兄指教!"

"……???"还没等一脸诧异的田仁宝反应过来,却见又是一道黑影蹿了上去。后来之人一把抓住正跃跃欲试的小丫头,狼狈不堪地跟他道歉:"仁宝兄,抱歉抱歉! 刚才一不留神,就让这小丫头溜来胡闹!"

说罢,一脸羞愧的四海堂堂主不待小姑娘开口便一把提起她,在众目睽睽下呼的一声凌空飞起,灰溜溜地回到凉棚座位上。

凉棚中被捉回的小姑娘一脸不甘心,扑闪着那双大眼睛不解地说道:"哥哥,为什么不让琼容与他比试?"

心下正觉得十分丢脸的四海堂堂主听得小丫头问起,沉吟了一下,然后便挠了挠头不好意思地说道:"妹妹啊,我忘了给你们几位报名了……"

经过这一阵折腾,那位正牌决战之人卓碧华费过一番思量之后,现在也已走过石阵,来到高台上。

于是,这位上着黄云山纹锦、下着白羽飞华裙、头戴浩灵芙华冠的妙华宫卓仙子,马上就要与那位一脸憨憨之态的上清宫弟子田仁宝展开一场精彩绝伦的最终对决了。

只是,不少本来一心等着观看二人斗法的访客道人,现在却有些心有旁骛。

此时他们心里不约而同想的是:"刚才惊鸿一瞥间,御气凌风、飘然而过的少年道人究竟是何许人? 那个倏然闪现高台的小姑娘又是何人?"

这些道心敏睿的羽客真人直觉得在今日这松风飒飒的飞云顶上,自己很可能将要见证一场绝不寻常的嘉元对决。

第十四章
千山雪舞，辉耀碧朵灵芭

并没将自己的太华飞纵与御气飞行联想到一块儿的小言，将琼容从高台上揪回之后，便安心地和众人一道紧张仰望高台上即将进行的龙争凤斗。

见比斗二人都已准备好，上清掌门灵虚子双掌一击，便见高台四侧迷踪石阵中流坠不歇的水瀑突然向上飞腾而起，四下连接成一张巨大的透明水膜，将比斗高台团团罩住。这样一来，任是其中法术争斗再过激烈，也不怕伤了台下观看之人。

见水幕张起，台上两人便按赛法规矩稽首互道名姓：

"妙华宫玉玄羽士门下卓碧华，请师兄赐教。"

"上清宫灵庭道人门下田仁宝，请卓师姐先行赐教。"

面对羽裙华冠的妙华卓仙子，一脸圆憨的田仁宝并不怯场，吐字清晰，应对得不卑不亢。

听田仁宝让她先行出手，卓碧华倒不准备谦让。对面之人虽然面相平和，此时仍是一脸憨然，但越是如此，她便越觉得对方深不可测。此刻师门荣辱系于一身，绝不是矜持的时候。

于是,心思灵透的卓碧华便顺着田仁宝的谦语,展颜一笑,婉声说道:"既然师兄客气,那碧华就恭敬不如从命。田师兄,请接小妹这招雪舞千山。"

雪舞千山正是卓碧华的拿手绝技。先前一场中,上清宫弟子华飘尘最后正是输在她这招之下。现在一上来便用此术,可见她对这场斗法是何等看重。

卓碧华话音刚落,台下众人便见妙华仙子一振罗袖,几乎未看她念得法咒,便突有千万朵晶光湛然的雪片蓦然出现在高台上空;几乎与此同时,卓碧华身周猛然旋起一阵寒风,裹挟着纷繁复乱、至冰至寒的雪片,呼啸着朝对面伫立之人铺天盖地而去!

一时间,整个高台水幕中,纷扬激荡起漫天的雪花,比斗石台上立时变成冰天雪地。眼前散漫交错、呼啸纷飞的风雪,直似能让焦溪涸、汤谷凝、火井灭、温泉冰、炎风不兴、沸潭无涌! 真个"天惨惨而无色,雪茫茫而正寒"!

素衣飘飘的卓仙子正随着极寒的风雪上下飞舞,进如激波,退如流云,围着田仁宝往复奔旋。

与此同时,她口中忽兴起一声长长的清啸,便见那千万朵原本洁白如羽的雪片突然间同时闪耀起一阵灿烂的蓝光,齐向田仁宝旋割而去。

与田仁宝对敌的妙华仙子正以千万朵回风而舞的雪花,施展妙华宫名震天下的驭剑之术——飘刃舞!

瞧这壮观法术,也难怪上一场华飘尘落败。雪刃漫天飞舞,从四面八方飞扑而来的"剑雪",委实让人避无可避、躲无可躲!

"如果换了我在上面,就会琢磨着怎么挖个地洞钻下去吧?"看得心动神摇的四海堂堂主心中突然冒出这样一个古怪念头。

台下那位并不怎么熟悉道法的灵庭真人见到台上妙华女徒全力发动的雪舞千山如此惨酷，不禁脸色苍白，心中不住后悔道："罢了！早知这样，还不如让仁宝早些弃权便是！"

再说正身处漫天风刀雪刃中的田仁宝也着实狼狈不堪。

众人看得分明，这个一路勉强获胜的上清宫弟子竟似乎没什么有效的护身法子，在雪刃击来、风刀旋去之际，只能趑趄退让，满场飞跑躲避。

只是，饶是他微胖的身形跑得飞快，仍然抵不住雪刃的寒气。卓碧华发动雪舞千山的真正威力之后，只是眨眼之间，这位上清宫门人便已狼狈不堪！

见到这样实力悬殊的比斗，台下的道人羽士全都皱眉摇头，面现不忍之色。

台上发动法术的卓碧华，差不多也是这般想法。她见到上清宫道友本场表现得如此不济，心中也生出怜悯，准备就此收起法术，早些完结这场胜负分明的比斗。

就在这一切似乎即将完结的时刻，场中比斗却突然有了些变化：就在卓碧华微微收起法诀，漫天雪舞渐渐稀疏之时，却忽见那个一直奔跑避逃的田仁宝猛地收脚立定，在刮面的风雪中举起两只臂膊，十指缠结成古怪的形状，然后朝对面妙华女徒龇牙一笑，双手猛力一挥！

"难道那位上清宫弟子要舍命相搏？"台下众人见田姓小道不再奔逃，心中尽皆冒出这样的想法。

"嗯，看来这场比斗还能再多看一会儿。"

其实，这些修道之人心中并不想这场让天下道友等了三年的压轴斗法就这样平淡无奇地结束。毕竟，妙华女徒卓碧华那招雪舞千山上午便已看过，刚才不过是更加猛烈一些而已，算不得惊人耳目。

就在不少人重燃兴趣,收拢已经有些涣散的心神之时,却突然听得哧啦一声轻鸣,然后便是啪一声重响。

"怎么回事?"

待台下道友听得响声后再向台上注目时,却发现高台上方的水幕已悄然落下。只眨眼工夫,风雪消歇重复清明的斗法台上就已只剩下一人。这人脚下的迷蒙水雾已恢复原貌,在石阵之间跳荡不停,重向下方潜潜落去。

"咦?是我眼花了吗?"台下正准备重整旗鼓耐心欣赏比斗的道客,霎时间都有些不敢相信自己的眼睛。稍愣一下,便都忍不住跟身旁的道友问询起来。

在一片低语声中,却听得一个响亮的说话声从高台上飘然传来:"卓师妹,承让了。这一场,却是我赢了!"

说话之人、胜出之人,正是罗浮山上清宫门徒、崇德殿灵庭真人座下弟子田仁宝!

虽然胜者已开口说话,但大多道客一时都顾不上他,只在左右着急地询问眼力好的道友:"刚才怎么回事?为何眨眼间卓碧华便被击飞到台下?"

与大多数道友懵懂不同,刚才电光石火般迅疾的一幕,小言倒是看得有些清楚。只不过饶是他眼力这么好,也只见田道兄双手一挥,那些已渐消歇的风雪猛然声势暴涨,朝已经有些意态闲闲的妙华仙子倒卷而去!就在此时,原本已转淡蓝的雪芒突然发出一种幽幽的青色。只这一击,那位妙华女徒竟是丝毫没能防御,一下子便如断线鹞子般被击飞到台下!

回味着刚才情景,小言不禁心中大奇:"怪哉!田兄法力何时变得如此高强了?那位卓姑娘竟似丝毫没有招架之力!嗯,不过也算卓姑娘运气好。刚才恍惚间,似是看到有人将她接下。否则,后果真会不堪设想。"

虽然心里庆幸，但小言也有点担心，便决定过去看看情况。

走到近处一瞧，却见卓碧华身上已经覆上一袭灰色披风，那个接住她之人现在正怒容满面。原来，接下卓碧华之人正是妙华宫大弟子南宫秋雨。

刚才，一直关注着师妹斗法的妙华首徒一见上午刚跟自己比过的上清宫弟子又做出那样的奇怪手势，便直觉着有些不妙。还没等他转念，却已见一道灰影从台上水幕中穿飞而出。

心里已经有些准备的妙华公子见状赶紧纵身将飞落之人接下。就在他刚要安慰师妹时，却见面如金纸的卓碧华猛然喷出一大口鲜血，洒在他的雪白道袍上，宛若点点鲜红的桃花。

"那上清宫道徒用的却是邪法！"望着怀中双目紧闭、状若濒死的小师妹，之前一直压在心底的怀疑此刻终于在与田仁宝交过手的妙华弟子南宫秋雨心中彻底爆发出来！

此时，已经有几位妙华女弟子奔过来，见师姐道袍有些破损，赶紧拽过一袭披风给她盖上。目睹此景，向来谦谦有礼的南宫秋雨更是愤怒异常。于是，正过来准备慰问一下的四海堂堂主张小言便很不走运地猛然被南宫秋雨大力推开。这一下出其不意，小言一个趔趄，差点摔倒。

远远望见这一情景，灵虚真人微微有些摇头。只不过胜负乃比斗常事，有所损伤也属正常。虽然心下有些不忍，但也只得叹息一声，便准备飞身上台，以嘉元会举办者罗浮掌门的身份，宣布本次比斗结果。

"呃？"看向卓碧华落地之处的上清宫真人目光还没完全收回，却发现身旁的老友张盛张天师正一脸古怪地望向台上。

"又发生了何事？"心中紧张的灵虚掌门赶紧转眼望向斗法台，却发现高台上又出现了新情况：一个玲珑灵动的小女孩正一脸狠色地舞着两把小刀，将新晋的嘉元魁首追得满场飞跑！

而此时,被人拒于千里之外正讪讪回座的小言也看到了这个让人哭笑不得的场面。顿时,少年堂主顿足悔叹道:"苦也!只离开一小会儿,却又让她跑脱了!"

正郁闷间,却听高台上传来断断续续的呼喊声:"请问、各位师尊……为、何容得这小女孩、又来胡闹?"

原是正在台上极力闪避的田仁宝奔跑中还不忘向台下叫屈。

见出了这般闹剧,心性端正庄肃的弘法殿主持清溟道长觉着非常丢脸,便迈前一步,准备上台去把那个捣乱的小女孩捉下来。就在此时,一直凝目观望台上情形的灵虚掌门却一伸手,将他拦了回来。

清溟道长好生诧异,刚要开口问询时,却瞧见向来慈善的掌门现在脸上竟是神色凝重。素来熟悉师尊脾性的清溟道长立时便噤口不言,只同他一齐朝台上看去。

"咳咳……"

觉得万般尴尬的四海堂堂主张小言也和清溟道长刚才一样心思,准备硬着头皮再度上台捉回小姑娘。刚一抬腿,身旁却转出一人,柔声说道:"禀过堂主,就让我去把琼容妹妹抱下来吧。"

请命之人正是雪宜。

"也好!"张堂主正乐得不用自己再去众目睽睽下丢人现眼,便爽快地答应了雪宜的请求。

只是,刚一顺口答话,却突然觉着哪处有些不妥,刚要伸手挽回,却啥都没捞着。

那位向来幽藏于千鸟崖上的梅花仙子已经离地飘然而起,长袖生风,罗带飘摇,朝巍巍高台翩然飞去。不知何时,广袤的飞云顶上渐渐起了一阵卷地的凉风,于是这位飞天的仙子便用纤手轻按裙裾,翩跹飞去……

"罢了,反正上次灵漪儿已编了个话搪塞过去了。"觉着今日诸事不顺的小言只好在心中这般安慰自己。

不出意料的是,佩璎风带绕身飘舞的雪宜让所有不知她底细的道客直看得目瞪口呆、心眩神迷:"莫不是我又眼花了?"

在所有人情不自禁去揉抹双眼之时,有一人感受更加强烈:"我、我又看到那位提篮仙子了!"

激动万分之人自然正是道教知名的妙华公子南宫秋雨。

略去众人惊讶不提,今日已饱受意外之苦的四海堂堂主到此刻总算松了口气:"嗯,雪宜老成持重,这下应该诸事无忧了。"

再说台上。见雪宜姐姐飞上台来,正一声不吭只管追打的琼容当即开口欢叫道:"雪宜姐姐!你也是来和琼容一起打他的吗?"

听清小姑娘这声叫唤,小言心中暗乐:"哈!你雪宜姐姐才不会像你这样胡闹……咦?"

正以为从此天下太平的小言却见后上台的雪宜并没忙着去捉琼容,而只是在那儿怔怔地看着正被追得鸡飞狗跳、狼狈不堪的田仁宝。

"呃……莫不是今早出门冲撞了哪个方位的神灵?雪宜可千万别……"呀?!

小言还没来得及祈祷,便已看到清丽柔婉的雪宜在风中举起皓月般的玉腕,从头上秀发间拈下她那根经年不换的绿木簪,然后……

在一片流辉丽影中,这支小言已经不知道瞧过多少回的木簪子竟忽地迎风化成一把流光溢彩的冰莹灵杖,在一片缤纷闪华的碎影流蓝中,那杖头处正绽成一朵碧气凝蕴的五瓣花萼。随着雪宜素手微振,这朵翠碧花萼正向周围纷散漪漾着一圈圈金色的涟漪。

"圣碧璇灵杖?!"正自旁观的上清宫掌门灵虚子见台上雪宜手中迎风化

成的兵器,眼中神色骤然一紧! 正是:

　　　　雪中搜魂影,

　　　　云里觅芳华。

　　　　霜管凝月露,

　　　　一点入梅花。

第十五章
吐日吞霞，幽魂俱付松风

一见寇雪宜迎风拈出那把冰光烁烁的蕚杖，在台下一直不动声色静眼旁观的上清宫掌门蓦然神色大变，脱口说道："圣碧璇灵杖?!"

站在一旁的清溟道长见掌门如此惊讶，便问道："敢问师尊，这圣碧璇灵杖是……"

"唔，师侄有所不知，这圣碧璇灵杖来历可非同小可。我曾读过一本古书，内里记载了不少奇谈怪说。有一篇说道在亘古不化的万仞冰峰上，如有能生长于冰崖的清梅，则天地间至冷极寒的冰气与天地间至清至灵的梅魂交相感应，数千年后便可生成这样的绝世仙兵，篇内称之为圣碧璇灵杖。这灵杖又有一奇处，便是形态威力与持之者修为相互交应。看寇仙子手中灵杖才具蕚形，恐怕……"

说至此处，灵虚子微微眯眼，朝台上之人凝目一望，接着道："想来她得这灵杖，也不过八百余年吧?"

"不错，真人眼力果佳！据我所知，这样至阴至寒的冰魄与天地间生机最为盎然的梅魂交感凝成的兵刃，又有个别名，叫阴阳生死杀。"

说这话的却是旁边那位天师宗教主张盛张天师。他看着台上流步若仙的女子,若有所思地喃喃道:"死以阳击之,阴以生击之……灵虚老道,可否告诉我,为何你也似刚刚瞧见门下弟子施出这把不世仙兵?"

"咳咳!"被老友这么一问,灵虚子这才想起自己见着神物出世而只顾摆弄典故,却忘了旁边这位心思通透的天师老道。

不过,也只微一沉吟,灵虚子便微笑答道:"这事,恐怕真是天机不可泄露。不过看在多年老友分上,我便泄露四字——水国波臣。"

说罢他便噤口,再也不肯多说一字。不过,张天师闻听后倒似恍然:"唔,这还差不多……想来,也只有那般地方才能搜集到这样的奇宝神兵吧?"

后人有赋赞雪宜灵杖出世,曰:

亘古玄冰,元始上精,开天张地,圣碧通灵。五色流焕,七曜神兵,璇真辅翼,出幽入冥。招天天恭,摄地地迎,指鬼鬼灭,妖魔束形。神杵灵兵,威制百溟,与我俱灭,与我俱生,万劫之后,以代我形!

却说就在灵虚子、张天师二人议论灵杖之时,忽又有一位道姑疾走过来,稽首道:"灵虚真人、张天师,台上田师侄恐怕有些古怪。我们是不是——"

过来说话之人正是妙华宫长老玉善师太。

玉善师太刚才见到碧华师侄跌落台后的情状,真是又气又急。开始时限于比斗规矩,还不好如何发作,过了一阵,见到台上的异状,妙华长老也瞧出不对之处,便熄了一腔愤怒,过来请示上清宫掌门灵虚真人,看是不是派出得力长老上台去将田仁宝擒下。

听玉善师太急问,灵虚真人却微微一笑,道:"玉善道友请宽心,我教早有安排。现下我上清宫四海堂高手尽出,当保万事无忧!"

"……"就在心有不甘的玉善师太还要谏言时,忽见旁边转出一人,一揖禀道:"灵虚师尊、各位长老,请允我上台查明情况。"

灵虚子见得此人请缨,当即大喜,应诺一声,便转脸朝玉善师太笑道:"玉善道友,你看现在又有四海堂堂主亲自出阵,更是不会有任何问题!"

于是,在玉善师太目瞪口呆、灵虚子信心满满的目光中,小言一振玄色道袍,离地飘然飞起,当众破空而去。

开始时小言还好生惶惶,心道自己门下弟子上台胡闹,至不济也得给他安上一个管饬不严之罪。只是,自寇雪宜拈出灵杖闪身飘击之后,小言才觉得事情有些古怪。

当时,雪宜轻拈灵杖,如行云流水般挥击,杖头花萼纷飞出数朵金霞烁烁的碧色花朵,围绕着田仁宝上下飞舞。与此同时,琼容的朱雀神刃也脱手飞出,如两只燃灼的火鸟,流光纷华,残影翩翩,只在田仁宝要害处飘飞。至性通灵的小丫头已得了雪宜姐姐的告诫,晓得今日只要将这怪人逼得束手就擒便可。

可这番情形落在小言眼中就有些古怪了,饶是雪宜、琼容二人合击似乎无孔不入,但那位崇德殿弟子田仁宝却偏偏始终不肯就范,在一片火影花光中反倒似闲庭信步一般,身躯转折自如,穿梭往来,竟始终毫发无损!

就在这当口,这个往日整天沉迷寻宝之人还留有余暇朝台下师尊断续呼叫,让他们赶紧把这两个捣乱者轰下台去。

小言便是在田仁宝被灵杖、神刃逼得最急之时,偶然瞧见他微胖的圆脸上竟突然闪现出一道似曾相识的红光。就是这道转瞬即逝的光影让他心里一动。他蓦然想到一事,便再也坐不住,赶紧跑来跟掌门请命。

得到掌门允许后,小言便运转太华道力,朝高台上纵去。总觉得自己御剑飞行练得不咋样的小言,此时还不知自己这太华纵跃正是那御气飞行的雏形!

小言离开后,那位法力高强的清溟道长不待掌门示意,便已持剑站到一脸担忧的少女小盈身前。

再说小言,在万众瞩目中跳到台上,一挥手,让雪宜、琼容止住攻击。一直奔逃的田仁宝见狠追的二人停住,便也立定身形,面不改色地朝这边笑着打招呼:"张堂主你来得正好!快将你门下这俩胡闹的女孩子带下台去,以免误了掌门给我颁授灵丹!"

听他这么一说,琼容当即便要反驳,却被小言摆手止住。只见小言并未理睬田仁宝的请求,只沉声问道:"初次相见,阁下可否告知姓名?"

"……"对面之人闻言只微微一怔,便放松面容,憨憨笑道,"呵!张堂主,我是田仁宝啊!虽然咱俩以前从没见过,但这次师侄已从嘉元斗法中胜出,名姓你也总该知道了吧?"

田仁宝说这话时,无比自然,眉目语态与往日没有丝毫分别。

"你就是那个整日寻宝的田仁宝?"

"是啊!原来你也有听说过。不瞒堂主说,近日终于让我在山中寻着宝了!真是功夫不负有心人,那日我在……"

田仁宝刚想滔滔不绝地说下去,却被小言从中打断:"那个不急,以后再聊。对了,我想知道罗浮山中像你这样的冒牌道魂到底还有几个?"

一听此言,一直嬉笑如常的田仁宝勃然变色。

怔愣半晌,他那张原本亲和圆团的胖脸上已换成一副狰狞的神色。之后,离高台较近的道众便听得一个不似人声的阴恻恻声音从台上不知何处飘来:"真是可惜啊……如果那枚九转固元雪灵丹早些到手,我也不至于被你门中老家伙看出端倪……只是就派你这小子上来擒我,你们这些所谓的名门大派也未免太过托大了吧?"

“也许吧。”乍睹诡异情状，小言竟丝毫不为所动，语调不咸不淡地回道，“你能否告诉我，田仁宝他还在吗？”

见眼前这少年到这时居然还能和他对答如常，这个不知名的幽灵还真有几分诧异。只微一思索，便见他狂笑起来：“田仁宝？ 就是我啊！”

“你！”一听此言，原本镇定的小言勃然大怒，锵啷一声将腰间佩剑拔出握在手中，高声怒喝，“无耻邪魔，今日别想走下这高台！”

“哈，终于忍不住了？ 果然还是年轻小辈啊。”“田仁宝”阴阴一笑，张狂叫道，“走下高台？ 我又何必要走下这破台。既然行藏已被你们看破，那今日我九婴神就大显威灵，将你们这些上品魂魄通通噬炼，增上几千年神力，再破空飞去，重归神王大人麾下！ 啧啧，已经很久没用过噬魂神法了，今日正得机会好好练练！”

说到这儿，这个占据了田仁宝身体的九婴神伸舔着舌头，似乎正回味着久未尝过的美味，垂涎欲滴。

听得神怪这番话，一直在台下戒备的玉善师太立时一声招呼，门中得力弟子立即奔拢围圆，结阵待变。

那个九婴神忽地瞥见小言手中提着的那把剑，便不由得放肆大笑起来："其实刚才本神只是逗你一下。你那个田师侄魂魄犹在，你若要来砍，便快动手，哈哈！"

见小言身形微动，又自止住，幽灵不由更加得意，刺耳笑道："就凭你就想将我降伏？ 哈哈哈！"

“如何？ 不可以吗？ 你我对战，结局也未可知。”面对猖狂的神怪，小言又恢复了之前的淡定如常。

但小言这副模样，却让那位沉寂千年、憋到现在好不容易有机会展现神威的老魔勃然大怒起来，只听他怪叫道："无知小辈！ 若是你早生几百年，听到本尊威名恐怕早就尿裤子了！"

刚说到这儿，他忽又想起一事，便桀桀怪笑道："莫不是你想倚多为胜？以为那样就——"

刚要嘲笑，却戛然顿住。原是这只千年老魅忽想起刚才那两把神出鬼没的火刃，还有那支盛气逼人的灵杖，便立时觉着背后冒起一股寒气，生生止住狂言。

于是眼珠一转，他便换了个口吻，激将道："其实也难怪。虽然是名门正派，但毕竟是年轻小辈，没甚真本事，也只好仗着人多了！"

"前辈说得极有道理，那我就只好仗着人多了。"

"呃？！"九婴神闻言大惊，心说，"这些拘泥不化的所谓正教道徒，何时也变得这般狡猾了？唉，可惜八丈神最近不知跑哪儿去了，否则本神又何须惧他！"

正自懊恼，却听小言继续说道："不过，今日却有些不同。我面前这位，只不过是个只会说大话唬人的寻常妖鬼而已。这般小鬼，我一人足矣！"

一听这话，九婴神自是喜怒交加，在台下不远处正约勒门人结阵的玉善师太听后却在心中叹道："到底还是个没经历过大场面的年轻后生，只被言语一挤对，便失了分寸！"

离得稍远的灵庭道人因为向来并不修习道法，听不太清台上说辞，便着急地问身旁的掌门师兄："师兄，看样子仁宝师侄是中了邪魔，怎地小言还敢在那儿和他闲话？我们是不是早些派人将那邪魔降伏？"

见他着急，灵虚子笑着安慰道："师弟且莫着急。我想那邪魔恐怕是憋了很久，就让他再多扯会儿闲篇。"

不过，尽管嘴上说得云淡风轻，灵虚子还是跟张天师、玉玄大师招呼一声，聚集起门下得力弟子，与玉善师太一道将正中高台团团围住，以防变起

突然，让无辜道友遭了不测。

且不提台下一阵骚动，再说台上，少年堂主张小言还在大咧咧地招呼着："琼容、雪宜，你等都站在原处不得妄动！今日这捉鬼功劳，我就不客气，一人独包了！呵，想我当四海堂堂主时日不久，也没立什么功劳，今日正是良机。就让我拿手中这把神剑，一下劈了这占人躯壳的无耻鬼徒！"

说罢，玄裳飘飘的小言便跨前一步，双手举剑，两眼直往"田仁宝"身上乱瞄，似乎正在寻找合适的下手处。

小言这一番作为直把眼前重见天日不久的幽灵气得浑身颤抖，脸上筋肉不住抖动。

强自忍了一会儿后，忽然随着一阵有如嚎哭的尖笑，这个受气的鬼尊终于忍不住破口大骂："好个不知天高地厚的小娃！还敢把本神当功劳来算计！今日这世上，除了神王天尊，还有谁能治我？不过你这无耻小儿不顾同门之谊，我却不能让你坏了这副好皮囊！"

说到这儿，气急败坏的九婴神一阵怪啸，双目圆睁道："好！算你有志气！那本神就让你砍上一剑，看看你这神剑有多厉害！"

话音刚落，正在台下或戒备、或恐惧、或观望的道客，便突见台上那位上清田仁宝背后忽然蒸腾起一阵黑雾。乌烟渐聚渐凝，眨眼间便有百来只可怖的鬼面骷髅结聚成形，在黑云中动荡挣扎，不停地发出凄厉瘆人的号叫。

霎时间，飞云顶上方原本清朗的天空骤然阴沉下来，乌云蔽日，阴风阵阵；眨眼间，天下道门圣地便回荡起千百声怨恨深结的鬼哭神号！

见眼前九婴幽鬼现出这般惨厉模样，小言不敢怠慢，赶紧运起防身的旭耀煊华诀，让身上氤氲起一层淡淡的黄光。摆手止住正跃跃欲试的琼容后，小言便朝那个已经立定等他来砍的鬼灵威严喝道："好个老鬼，也有这般胆

气！居然敢生受我这把修炼半月有余的神剑，佩服佩服！"

一听小言这威势十足却十分搞笑的场面话，魔灵脑后上方千百道气势喧天的鬼面魔焰倒似突然一窒。

正自全神戒备的九婴鬼灵闻言自是又怒又好笑，心说："上清宫好歹也算千古名门，怎么就容得这么个少不更事的蠢材上来胡闹！"

他心中又想道，自己用这招怨灵格御大法全心戒备，是不是太过抬举眼前这小儿了？

"嗯，吓唬吓唬眼前这些无知小辈也好！"魂有旁骛的魔神并不知道，眼前这位言行粗莽的少年心中正想道："呼！这厮终于立定下来了啊……正好来用那一招！"

于是，台下众人便见四海堂堂主全身黄光流动，双手高举铁剑，踏前一步，便似要用力朝下砍去。

当此时，见小言举剑要劈，最紧张之人反倒不是那个要挨剑的魔神，而是田仁宝的掌殿师尊灵庭子。见小言真要劈，灵庭子立时大惊失色，便要大声呼喊让他不可鲁莽，但话还没出口，却见阴风惨淡的高台上突然闪耀起冲天的光华！

台下灵虚子等人看得分明，就在小言上前一步靠近邪魔作势欲劈时，他身上那层柔柔的护身法光蓦然光华大盛，柔淡的黄芒瞬间化成激荡的紫焰金霞！

电光石火之间，灿若霞霓的紫气金泉已凝如虎豹龙蛇之形，如脱缰野马般朝夺人神舍的恶灵奔扑而去！

"……"

冥风阵阵、鬼气森森的老魔，还未曾回过味来，便被一片恐怖的金霞流光盖顶淹没！无数扭动乱舞的阴魂怨灵，一触到灿若金阳的明烂光焰，便如雪遇沸汤般澌然消灭。而用邪法炼化它们的恶主人，也在大江海潮般的太清阳和之气中遭到灭顶之灾！

炫耀辉煌的灭魔大法，正是上次差点被夺魄送命的小言暗自回思演练过不知多少回的炼化鬼魅妖魂之术。现在这声势滔天的龙虎焰形，正是原本无形无色的太华道力流卷飞腾，突出身外，借旭耀煊华之光杂糅生成的灭魔之焰。原本，这法子只是小言以防万一傍身用的，却不承想今日在这本应平安无事的嘉元会上竟会大派用场！

与那次在火云山上不同，少年堂主张小言自炼化过一只千年老魅之后，便如突破瓶颈，源自天地本原的太华道力与当日早已不可同日而语，与此相映衬，他那原本只能现出黄光的大光明盾现在竟流荡激耀着千万道细若蛇蚓的紫色电芒！

于是，只不过眨眼工夫，猖狂的老魔便已烟消云灭，原本挺身仁立的田仁宝终于咚一声重重栽倒在地。从天而降的祸患也就这样消弭于无形。

一见田仁宝倒地，张小言赶紧收起噬灭乱魂之光，强压下四筋八骸中正翻腾不已的新入道力，探步飞身上前，将瘫倒之人一把提起。

飞身下台之前，四海堂堂主张小言忽又似想起了什么，便立定脚步，站在高台之中向四方朗声说道："诸位道友，想必刚才都已看得分明，我上清宫门下这名弟子不幸被邪魔附身，迷失神志。不过方才在我上清宫太玄真法金焰神牢镇魂光之下，这鬼魅恶灵已经冰消云散！"

他这句话中的"金焰神牢镇魂光"七字，说得真可谓一字一顿，吐字清晰无比。

原来，小言生怕众目睽睽之下刚才那障眼法的效果不好，让台下这些有识之士将自己的法术往九婴魔刚提过的"噬魂"邪术上联想，于是便运用急智，现编出个说辞，让他们只来得及细细咀嚼每个字的涵义，便再也无暇去

往啥邪恶的"噬魂"上联想了。

其实，小言倒是多虑了。看到方才那一番绚烂法术，又有谁的想象力能大胆丰富到小言担心的那种程度？

于是，在众人的仰望中，奇兵突出的少年堂主袍袖一拂，提着沉睡不醒的上清宫弟子田仁宝凌空跃下台来。

在小言身后，两个女孩子也秀发飘飘，凌风飘下台来。

原本她俩都绾着发髻，但堂主节俭，往日并未给买什么额外的奢华头饰，于是在自己的发簪都做了手中武器之后，两位四海堂女弟子便只好任自己的青丝流散如瀑，在半空中随风飘舞。

这一次，台下众人终于瞧得清楚，先前两次都倏然闪现的娇小女孩足下现在竟似缭绕着阵阵迷蒙的云雾！

且不提雪宜、琼容二人回返凉棚，用绿木簪、朱雀簪重又整理好发髻；再说小言将田仁宝提到掌门面前，三教德高望重的长老便都聚集过来，看这中邪弟子究竟是怎么回事。

现在再去看时，躺在地上的田仁宝目不能视，耳不能听，口不能言，手足不能动，周身便似痿痹一般，浑没有丝毫知觉。

见此情形，灵虚子叹息一声，右掌微伸，一道柔白光华自手中射出，笼罩在田仁宝身上。

又过了片刻，灵虚子收回白光，朝周围道友说道："也算不幸中的大幸。可能那老魅要用仁宝心魂比拟平常音容笑貌，因此并未噬去魂魄。只不过现下他三魂六魄俱已稀淡，不到一年两载是不能再苏醒过来了……"

听得此言，众皆黯然，灵庭子听闻更是怃然而悲。

安顿好田仁宝，上清宫掌门灵虚子便飞身上台，朝四下正自窃窃私语的各方道友慨然说道："今日这事，是我门中弟子不循正途，痴迷寻宝，幻想仙路道途一蹴而就，才致妖魔夺舍附身，遭遇今日这场大祸。不过，刚才幸有我教四海堂堂主张小言施我上清宫太玄正法，才将这大干天和的千年鬼灵一举剿灭。上清宫门徒田仁宝之劫，当值贫道与各位道友一同为戒！"

此后，灵虚子便宣布本次嘉元斗法妙华宫弟子卓碧华胜出。又因她为邪法中伤，一时不得上台，九转固元雪灵丹便由她大师兄南宫秋雨代为领受。

颁授之时，灵虚子隐约发现，这位代为上台的妙华公子对答间竟也似有些魂不守舍。睹此情状，灵虚子在心中喟然叹道："唉，也难怪，谁又能预想今日竟会出了这般邪魔之事。看来，以后我上清门中也需要多方整饬一下了。"

与灵虚子等人有些兴致缺缺不同，台下那些前来观礼的四方道友却又有不同想法。

对那些第一次前来参加嘉元会的道友来说，这几天里虽然盛典热闹隆重，斗法也似眼花缭乱，但总觉着举办嘉元会的罗浮山上清宫也属平常，并不如往日传说中那般神奇。不少人心中不免生出"盛名之下其实难副"的想法。直到刚才目睹上清宫四海堂那几位神仙般的少年男女斩妖除魔，才让这些即将兴尽而返的道客悚然动容，立时改变了原先有些冒渎的想法："原来，还真是盛名之下无虚士！"

于是，上清宫在道门中本就首屈一指的地位又在各教道友心中得到了加强，四海堂堂主张小言这个陌生的名字也牢牢刻在了不少有心人心上。那些上清宫本门年轻弟子更是在心中想道："原本便听得些风声，说是上次南海郡剿匪战事全赖我教这位少年堂主方得取胜。今日看来，这传言恐怕也有几分真实。"

待南宫秋雨领过丹丸玉盒下得台来，一直就有些神思不属的张盛张天师此刻突然似恍然大悟："难怪那名字听起来这般耳熟！原来，我教中有个法阵叫作冰焰天牢缚魔阵，倒和这少年刚说的法术名字很是类同！"

且不提飞云顶上接下来的散场仪程。在飞云顶背阴之处，一株生长于半空崖缝之间的盘曲虬松上有两位道服老者，正擎着陶杯在那儿喝酒。

饮到酣处，只见其中一位老道将口中之酒咽下肚后，咂了咂嘴，意犹未尽道："唉，其实那个老魅我已注意多时，只一时酒忙，孰料却被人先下了手。否则我那积云鼎又省得我几月气力……"

瞧着万般后悔的老头儿，对面侧卧松干之人翻着醉眼，嘲笑道："老飞阳，不是我清河说你，你那炉子也忒费柴！"

原来，两位放着压轴盛会不参加，只在僻静处躲着喝酒之人，正是积云谷的老汉飞阳，还有小言的旧相识老道清河。

被清河这么一说，飞阳一时语塞，又闷了一口酒，便跟眼前酒友挤眉弄眼道："嘿，方才你那个饶州小徒使出的法术也就和'噬魂'差不多吧？威力还真是不小啊。"

听他这么一说，原本醉眼惺忪的老道清河一翻身坐了起来，跟眼前嬉皮笑脸的老汉一本正经地说道："飞阳前辈，刚才你没听清？张堂主用的法术叫金焰神牢镇魂光。"

"……"

飞阳停住口边酒盅，朝跟前一本正经的老道清河注目半晌，然后忽地笑了起来："呵，我终于明白为何上清宫屹立千年不倒，门下弟子的袍服都比别派光鲜了。原来，都是掌门选得好啊！上清宫掌门，永远都是些喝不醉的酒徒……"

喃喃语毕，飞阳将手一招，便有一只在松间嬉玩的猴子跳荡过来，捧起挂在老头儿身旁松枝上的锡酒壶，给两人陶杯中满满斟上。然后飞阳把手一挥,又将它打发走了,于是这只敬酒野猴重又回归群中嬉戏。

"喝酒喝酒。"二人同时举杯。

盘曲如虬的高崖青松间又是一阵觥筹交错。

山间不知何时升起白茫茫的岚雾,将两个兴致盎然的饮酒之人团团隐住……

第十六章
乐极生悲，常令逸兴萧疏

三年一度的道门盛典嘉元会就这样以一个出乎所有人意料的风波结束了。

第二天，罗浮山中下过一场清凉的秋雨之后，那些远道而来的道友就陆陆续续下山去了。

虽然访客次第下山，但原本清静的千鸟崖四海堂现在反而热闹起来。

原来，目睹小言、琼容几人在飞云顶上那番表现之后，三教长老便都让门下出众弟子与少年堂主一起探讨道法。于是，林旭、华飘尘、卓碧华等人这几日白昼中便常在千鸟崖上流连说法。

这届的嘉元魁首妙华宫卓碧华仗着本门的灵丹，已是重获生机。了解了当时事情的原委之后，原本对小言轻忽视之的妙华女弟子立时对这位马蹄山少年刮目相看。

尤其让卓碧华觉得不可思议的是，出身山野的不起眼少年不到一年间便习得高深法术，竟能在不伤同门本体的情况下灭了那只妖力深不可测的千年魅灵！

"是他师门厉害，还是他本人有些古怪？"只是虽然卓碧华大感好奇，但毕竟女孩子家脸皮薄,思前想后,心气儿甚高的卓碧华便放软言语,请求自己那个名义上的大师兄带她上千鸟崖去和上清宫张堂主谈玄论道。

让卓碧华觉着很走运的是,那位向来对门中琐事兴致缺缺的南宫师兄没计较自个儿往日对他的不敬,自己只一开口便一口应承下来,竟还抬腿便走!

"南宫秋雨?"听得妙华公子自报姓名,又说他是南宫世家子弟,小言倒是一愣,脱口说道,"那南宫兄认不认识南宫无恙?"

有此一问,原是小言忽想起当年花月楼中意图夺笛的那个江湖豪客。

听他这么一问,南宫秋雨倒是一愣,略带讶异地回道:"南宫无恙,正是在下的侄儿。"

"哈!原来还比你低上一辈!"小言心说这世家大族就是不一样,谱系繁杂,辈分常不可按年纪大小揣度。

正在心下嘀咕,却听得妙华大师兄南宫秋雨有些迟疑地问道:"张堂主,算起来我那无恙侄儿今日还不到一岁,不知堂主是从何处听说他的姓名的?"

"啊……原是重名重姓!"

三四日之后,那几位天师宗弟子也都随天师宗掌门下山云游去了。卓碧华这两天也不再来千鸟崖,据说正和师门姐妹收拾行装,一两天内便要回转委羽山。在归期将近之时,只有南宫秋雨每日还来千鸟崖上流连。

有了赵无尘的前车之鉴,小言对这位华服俊美、面如冠玉的访客一开始时还是颇有些警惕,生怕再闹出什么事端来。

不过,经过几天观察,他发现这位风度翩翩的妙华公子谈吐温婉得宜,和堂中众人说话时面色竟还常常有些发红,这样一来小言便大为放心。

特别是,据小言观察,这位似是很有名气的妙华公子虽然跟自己对答时

谈吐不凡,但偶有机会跟姿态恬淡的寇雪宜说话时竟每每语无伦次,不知所云。

瞧过他这样的窘态,小言便在心里暗乐:"哈!我和这妙华公子比,其他都不能及,但在这一点上还是要略胜一筹!"

少年堂主正是满怀自豪:"想当年,便连面对水底下的小龙女,我都没有这样不好意思过。"

他却不知,自己这样的言笑不拘在灵漪儿眼中又何止是好不好意思的问题。那位四渎龙女早已将"惫懒"这个词当成了对他的永久评语。

在最终判明南宫秋雨的纯良本质之后,自以为洞晓人情的四海堂堂主便完全放下心来。心中想道:"嗯,这位南宫公子多来崖上盘桓也好。也许在这位言语更加不畅的南宫兄面前,雪宜反而能改掉见人冷淡、少言寡语的习惯。"

存了这般想法,于是这天中午小言嘱咐过琼容几句后,便自告奋勇替雪宜去弘法殿中领取米面菜蔬,好让她有机会多跟外人聊聊。

此时,四海堂中的小盈在嘉元会结束后已恢复了正常的日程。这天一早,她便去郁秀峰紫云殿中跟灵真子继续修习道法了。

几个时辰后,在夕阳西坠、红霞满天之时,去郁秀峰修习道法的小盈迈着轻盈的步子,顺着一条相对僻静的山道,回转抱霞峰千鸟崖。

山道迢遥,小盈一边走路,一边想着心事。

让她感到高兴的是,经过几日求恳,今日灵真大师终于答应她,在那些养气安神法之外,再给她传授些斩妖除魔的法术。一想到将来小言直面凶险时,自己也能帮上忙,小盈心里便觉得格外愉快。

此时,小盈已经浑然忘却,像她这样娇娇怯怯的金枝玉叶、王朝骄傲,竟一心想着学降妖除魔的拼杀法子,回去若是让旁人知道,真可谓十足的"惊世骇俗"了!

正因为急切地想学道法,所以小盈才没听小言让她缓几天下崖的劝告。

一个人赶路时想着这些愉快的心事,就不再觉得蜿蜒的山路有多漫长了。

事实上,郁秀、抱霞、朱明三峰离得较近,即使有人行走,也多是上清宫门人,况且小言又不知小盈真实身份,因此才没再执意要求小盈不要出门。

此时,那轮西坠的红日正用变幻莫测的赫红笔触在湛蓝天幕上书画着道道光影离合的绚烂明霞,待彩画初成,则又用余下的一点霞墨将山道上流丽嫣然的小盈渲染得如同漫步云中的织霞仙子一般。

正因为自知容光绝世,霞袂云裾的小盈才选择这条幽静的山路,免得碰上那些年轻道徒,无端动摇清静无为的道心。

就在小盈在逶迤山路上彳亍之时,却看见前面有一名道服弟子气喘吁吁地朝这边赶来。

乍见有人急急奔来,小盈有些吃惊,本能地往旁边稍稍一让,同时那双秋水明眸略带警惕地注视着前面这名急奔而至的道人。

在小盈的注目中,疾步而来的年轻道人一看到她便猛地停下脚步,喘着气说道:"可、可让我找到你了!"

见年轻道人一副着急模样,小盈不知出了何事,便问道:"这位道兄,你找我有何事?"

"是这样的——"面目端正的年轻道士略喘了几口气,定了定神,便直截了当地说道,"琼容受了伤,摔断了腿骨。张堂主正着急找人帮忙。他说你看过不少医书,便着我来找你。"

一听琼容重伤,小盈开始的那点警惕犹疑立时便被抛到了九霄云外。不用说一定是小丫头闲着无聊,又跑到某处山坡上往下跳着学"飞"了!

前些日子，她便听小言说过，这顽皮丫头偷着去学什么"跳飞"，所以一听说琼容受伤，小盈立即就联想到这上面去了。又想起前些时日小言还嘱咐过她，让她帮忙看着好动的小丫头，没想自己刚去紫云殿中几日，便出了这样的大事。

在小盈心中，千鸟崖上的四海堂就像个温暖的大家庭一样。此刻一听琼容受伤，纯真的少女心底便万分焦急，一连声请求报信道士，立即带她去查看伤者。于是，年轻的上清宫门徒在前面带路，两人一路朝琼容摔跌之处急急行去。

一路高低起伏地走去，山径渐变崎岖，周围的山景也渐转幽僻。看来，这次小丫头前去嬉玩的地方，又是个很难找到的僻静场所。

由于渐转幽僻，虽然现下还只是申时之中，但从此处望去，夕阳已完全没入西北的山梁。山路旁边的林木已完全笼罩在一片黝暗的暮色中，现在只有头顶那片天空中还可以看到一团团明灿的彤云。那鲜红的云角，此刻看在小盈眼中，就似乎是琼容流出的鲜血一般。

一看到那血样的霞光，小盈便忍不住急切地问起前面的引路道人："请问道兄，不知还有多久才能赶到？"

听她询问，前面那个面相还算俊朗的年轻道人忽地停下脚步，回头一笑："姑娘急了？那就算到了吧。"

"……"觉着这话费解的小盈还没等下一句话问出口，便只觉得眼前一黑，然后便软倒在地不省人事！

此时再去看那个道人，只见他那张端正面容在暮色中竟显出狰狞神色。只听他咬牙切齿道："张小言，往日种种今日我就要你百倍偿还！"

约莫过了半个时辰，这人口中恨骂的张小言在跟弘法殿相熟弟子闲谈了好一阵后，提着领来的米袋菜蔬，从抱霞峰前山回转千鸟崖。

见西边红霞如染,小言想道:"不知现在南宫公子走了没有?如果没走,就一起吃晚饭吧。"

就在他意态悠闲地漫步上崖之时,却突然听得耳边一阵风响,等旋风略住再去看时,却发现竹影中有一片洁白的布片,正在眼前石径上随风微微地起伏。

"这是……"他捡起这片似是裙边一角的绢布,借着天上的霞光,看到上面写着几个潦草鲜红的字:"速独自来黑松谷!"

第十七章
寸心如玉，魂一变而成红

"小盈?!"

一见纹理熟悉的裙布碎片，晚归的小言只觉得脑中嗡一声巨响，霎时间似乎全身的血液同时都冲上了脑门。

小言原本清明的双目此刻尽充赤红的血丝，眼前山道上光影斑驳的斜阳晚照，此时看在眼中，直如触目惊心的斑斑血泪！

眼前布片上那七个歪斜的红字，就如七支利剑一般，戳到小言心底最深处，震惊、愤怒、后悔、忧惧、仇恨，种种黑暗不安的感觉，如同山洪暴发冲过死寂的溪潭，将陈年的渣滓一齐翻起！

过了片刻，待听到手中物事跌落在地的响声，惊怒的小言才如同被虫蜇了一般，猛然从怔愣茫然中惊醒。

重又展开掌中已被揉成小小一团的布片，忍着蚁虫噬骨般的锥心疼痛，小言又注目看了一阵那行血红的字，然后艰难地弯下腰去，将方才跌落的粮袋菜蔬尽力握在颤抖的手中。

"哥哥，你回来啦!"待他挪到崖口，活泼的琼容一如既往地蹦跳着跑到崖边，欢呼着迎接自己的哥哥。

"嗯,回来了。"小言也如往常一样柔柔地抚了抚琼容的秀发。被哥哥疼爱地抚着发丝,等了半天的琼容甜甜一笑:"嘻!"

看着琼容灿烂的笑颜,小言仿佛突然想起什么,惊讶地叫了一声,然后神色黯然地跟眼前的小姑娘说道:"琼容,哥哥忘了件东西。现在要去前山拿一下。"

"那我也去!"

"不用了,我很快就回来。琼容,你替哥哥把这些东西拎给雪宜,让她给客人准备晚饭。"

"嗯!"

见哥哥有事分派自己做,琼容就不再闹着要跟他同去了。清脆地应答一声,便毫不犹豫地抛掉手中正玩耍着的一张折纸,然后从小言手中接过几件不轻不重的食材,全力提着,一颠一摇地朝石屋中走去。

"对了,琼容,上次还剩下几只鸡子儿,这次记得让雪宜一并给客人煮了吃!"

"嗯!"

小言在小姑娘身后语调如常地添了一句,得到了应答,便步履从容地走下石崖,闪身没入阴暗的暮色幽影之中……

黑松谷在抱霞峰西南,与千鸟崖相距四五座山峦,是罗浮山中一处幽僻所在。黑松谷中生长着数百株参天古松,将整个幽谷遮掩得阴阴郁郁、暗无天日。

这些深山中的老树积了千年寿轮,那针叶便显现出一种幽暗的苍碧之色,黑松谷之名,便由此而得。

黑松谷中这些遮天蔽日的苍松枝丫严密,让谷底常年照不到阳光。积年累月下来,谷中便积拢起阴气浓重的瘴雾。因此,只要是上清宫门徒,都会被师长叮嘱告诫,轻易不要去黑松谷游走,以免被谷中时隐时现的瘴气毒伤。

因此,按理说现下黄昏将尽,暮色低垂,罗浮山中的黑松谷本应毫无人迹才是。但现在在这片幽谷松林的边缘,却有位白衣少女正倚在一株古松干上,双目紧闭,一动不动。看她的样子,似是不小心中了谷中瘴毒,正在那儿沉眠不醒。过了一阵,少女才悠悠地醒来。

撑开沉重的眼帘,小盈发现自己已到了一处陌生的所在。耳中听着有若狼嚎的阵阵松涛,刚刚清醒了些的小盈心下万般惊恐:"我这是到了哪儿?刚才又是怎么回事?"

正努力回想自己昏迷前的情景,却见一张人脸进入自己的视野。

"终于醒过来了?"

突见一个陌生男子出现在眼前,小盈慌作一团。努力挣扎了两下,却发现自己已被几圈藤萝牢牢绑在松干上。

这一下,小盈顿时惊惶万分,颤着声问道:"你、你是谁?"

见小盈惊恐的情状,面容颇为端正的男子却扯动着脸上的筋肉,邪邪一笑,嘲讽道:"我是谁? 我当然是带你来这里的人啊。"

"你?!"小盈大为惊恐。

见她惊慌,男子倒显得十分快意,张狂笑道:"哈哈! 你放心,现在你只不过少了一片裙角,手指流了点血而已。"

听他这么一说,小盈这才发觉自己右手指头上正传来阵阵疼痛。抬手来看,发现中指指尖上正凝结着一小块血斑。

"这人掳我来此处,究竟意欲何为?"正当小盈心中奇怪,心底浮现出一丝莫名的焦躁不安时,却忽听正得意怪笑的男子突然停住笑声,换上了一副凶狠神色,恶狠狠地说道:"小姑娘,不妨告诉你,我叫赵无尘。怪只怪你是张小言的好友!"

说着话,赵无尘已弯腰凑到小盈近前,怔怔地盯着小盈观瞧。

正当小盈被瞅得浑身不自在,却见挟持自己的赵无尘突然如中疯邪般,朝她语气急促地大声吼道:"张小言只是贫苦山民出身,却能捐山入我上清宫,明明袒护精怪,却能安然无事,凭什么? 凭什么? 我一定要让他付出代价!"

听了赵无尘的话,小盈反而收起了惊惶的神色,对赵无尘轻轻说道:"赵无尘,你快放开我。"

这句话,虽然音调不大,但声调语气间仿佛自然蕴含着无上的威严,赵无尘听了猛然一怔。

本来以为眼前的女孩会凄惨呼救,没想到对方却只说出这么一句从容不迫的话,这让赵无尘十分不解。

夕阳映在附近一处高岩上的霞光正返照在眼前女孩姣美的容颜上,让小盈本就庄洁无瑕的神色更显得无比尊贵威严。

眼前小盈的这份从容淡定和似乎一切都在自己掌握之中的语气神态,进一步激怒了赵无尘,他突然意识到自己刚才竟被张小言门下的一个柔弱女子吓住了,顿时觉着羞怒交加。转念间,他面现狰狞,恶狠狠地叫道:"放开你,你做梦吧! 张小言门下属你最不济事,我倒要看看你若出了事,作为你的好友,张小言会如何痛不欲生!"

说着,赵无尘就要拔剑刺向小盈。

"我先将你弄伤,等张小言到了,再让你死在他面前,你觉得如何?"

小盈心思急转,还没等赵无尘拔出剑,便忙说道:"我这里有件宝物送你,你别伤我。反正我已被你捆在这里,即便小言来了,也不会坏你的事。"

"哦？什么宝物，你倒说说看。"赵无尘暂停动作。

"就是我腰间挂着的这枚圆玉，它可以帮助去邪祟，还有助于增长修为。你可以拿下来，我告诉你使用之法，你一试便知。"

赵无尘低头一看，果然见小盈腰间金光隐隐的腰带上挂着一枚闪着荧光的圆玉。他略想了一下，便伸手去取那枚圆玉，没想到手刚碰到那枚圆玉，却突然只觉眼前白光一闪，手上蓦然传来一阵剜心剧痛！

"有诈！"

赵无尘心知不妙，瞬间反应过来，立即迅疾闪身，往后急退几步。电光石火间，只听得轰隆隆十数声巨鸣在身前不远处次第炸响！

一阵心惊胆战的胡乱闪躲之后，等被白光闪盲的双目恢复过来，赵无尘再去看时，却见那株绑缚小盈的老树四周已平地射出十数道洁白的光柱！这些巨大的白色光柱，就如同栅栏一般将小盈团团护住，白光所到之处，头顶上原本浓密的松荫已被刺穿十几个大洞。

目睹此景，赵无尘倒吸一口冷气，几乎与此同时，一阵揪心的剧痛突然从手掌中传来。清醒过来的赵无尘低头一看，蓦然便是一阵凄厉的惨叫！原来，他刚才去拿小盈腰带上玉石的手掌现在竟只剩下半个！

所谓十指连心，何况现在是去了半只手掌！当下，赵无尘就疼得倒落尘埃，在地上惨号翻滚起来。

"可惜。算你走运，刚才只从旁边侧着身子过来。"

再去看时，小盈已换上一副冷冰冰的神色。

就在小盈看着赵无尘被自己的护身玉石轰掉半只手掌，在地上疼得不住翻滚之时，只听得身后林间一阵风响，然后便是一阵恐怖的兽嚎。

还没等落难的小盈来得及惊惶，只见赵无尘滚动之处已扑来一只体形硕大的金睛吊额白虎！

这头乘着狂风而来的百兽之王现下正探出犀利的爪牙,张开血盆大口,不住地扑腾撕咬着地上的赵无尘。只眨眼工夫,体形状态悬殊的搏斗对手之间已是胜负分明。猛虎一口叼起神志已有些恍惚的赵无尘向密林中跑去。

就在小盈脱离危险,四周白光渐渐稀淡之时,远处飞落一个少年,急急朝这边赶来。

"小盈!"一瞧见被困在松干上的小盈,心急如焚的小言立即大声呼喊起来。

不过就在他刚要举步猛冲之时,忽又停住,探手将古剑牢牢攥在手中,并施展出能抵挡法术攻击的旭耀煊华诀,然后才一步三回头地朝小盈之处小心走去。

"小言!那坏人已被老虎抓走了!"

见小言寻来,饱受惊吓的小盈如遇亲人,惊喜万分地叫了一声。

"呃?那太好了!"一听危机解除,小言立即加快了脚下的步伐,朝松干下的小盈急急奔去。

此时,也不知小盈念了什么咒语,那十几道已渐转淡薄的护身光柱顷刻间便消匿于无形。

"绑你那人是赵无尘吧?"小言一边奔去,一边问道。

"就是他!"

"就知是他!他上次被踢落山崖,还不知悔改!早知如此,那时还不如……"正在小言口中恨恨之时,却冷不防脚下忽然绊到一物,当即便一个趔趄,差点摔倒。

"不好!"还没等小言来得及往旁边纵跃,却已听到一阵风响,然后后背就被重重一捶。只这一捶,把小言整个人都砸飞起来,在半空中划出一丈多

远,然后咕咚一声摔落在被缚的小盈面前。

　　"啊!"在小盈的惊叫声中,一大口温热的鲜血正喷到她洁白的裙裳上,染出一片触目惊心的殷红!

第十八章
雪影摇魂，恍惚偏惹风狂

身子还在半空中，噗的一声，一口温热的鲜血就已从小言口中急喷到小盈的白裳上。

待摔落到小盈面前时，小言一身蒸腾的护身光气早已涣散无踪。甫一落地，小言还忍着剧痛挣扎了一下，以手撑地探起身子，绷紧全身肌肉，预防刚才的巨力撞击再次袭来。

此刻，他已是避无可避。身前，便是一脸惊恐的小盈。

幸好，瞬间剧变之后，只听身后传来几声骨碌碌的滚动声，然后便再无声息。

屏息听了一会儿，小言这才来得及在心中恨恨想道："好个阴狠的家伙！知道我能防法术，居然设计用巨石砸我，真是要置我于死地啊！"

不用说，刚才脚下绊到之物定是赵无尘设下的机关阵眼，也不知他用了啥手段，使得自己踢到阵眼便有巨石狠狠撞来。

想到赵无尘这样狠辣的手段，小言不禁又怒又悔："晦气！他都被猛虎捉去了，我却还是中了他的诡计！"

乍见小言受此重击，小盈惊叫痛惜之余，便要来扶他。只是，刚挣动一

下,才记起自己正被五花大绑在树干上,手足都不得展动。

"别急,我来解开。"见小盈挣动,倒落尘埃的小言扭头朝旁边啐了一口血沫,便艰难地匍匐向前,要来替她解开藤索。此时,小盈手中那把剑早已飞落一边,他也顾不得去捡了。

见他重伤之下仍要前移,小盈急道:"小言你先别动,我不打紧!"

小盈焦急的话语中已带了哭腔。

"我也不打紧。"固执的小言不理,继续在地上挣扎向前。短短一段距离,却费了他好大工夫。

"呼! 幸好不是死结。"

片刻后,筋疲力尽的小言感到庆幸的是,赵无尘绑起小盈的藤索虽然层叠了两道结,但第一道并不是死结,很容易就可以解开。

感觉到小言在自己身侧解结,小盈也很激动。经了这一阵惊恐,她现在最想做的事便是抬手替小言拭去脸上的血渍尘泥。

只是,他们都没注意到,就在这株粗大的松干背后,缠绕小盈的藤索上同时还绑缚着几张符纸。

这几张画着奇异纹样的符纸正贴在树干上,被人精心摆成一个并不规则的六角形。随着藤索的动荡滑蹭,这六张符纸旁边渐渐氤氲起一阵寒气,将那处变得如有水波晃荡。

藤索一圈圈滑落,那几张纸符却依然纹丝不动。

"解开了!"小言低低欢呼一下,用力将藤索一下子抽离。

"谢——"被解救的小盈谢字还没说完,就听到身后传来一阵怪异的嗡嗡声。

"那是什么声音?"

还在揣摩,原本身处幽暗林边的小言和小盈便突然如腾云驾雾一般,须臾间便被吸到一处光亮所在。

"这是?!"

此刻所有暗黑的松林山岩都已消失,四周还有身下只剩下一片清光闪烁、寒气逼人的冰壁。

乍睹诡异的陌生天地,小盈不禁惊得目瞪口呆!

"罢了,不想赵无尘竟有如此法宝!"同样也被吸入冰壁的小言目睹此景喟然长叹。只是此时他已精疲力竭。

原来,那座一直酝酿的符阵终于在最后一瞬全力发动,幻化成一座寒光闪烁的冰塔! 就在小言撤去小盈身上藤索的一刹那,他们便被吸入了古松后的一座白色冰塔中。

四处闪烁的冰光都在明确地告诉他们,他俩已陷入了另一个绝境。

"小盈,不要急,一定有办法出去的!"瞅着四周冰晶闪华的古怪模样,小言第一件事便是强忍喉头涌动的血气,安慰无力的小盈。

听到小言安慰,小盈仰起了青丝散漫的俏脸。借着清幽幽的冰光,小言看得分明,原本惊恐不安的娇柔小盈此刻韶丽动人的俏脸上流露出一丝安详的笑意。

不知何时,身边这片狭小的天地中纷纷扬扬下起雪来。

看着眼前联翩飞舞的雪花,已经恢复了几分气力的小言也放松了神色,微笑着对小盈说道:"小盈,咱们眼前这场雪比起卓碧华那场飘刃雪舞,却还是差得远。"

"嗯……很久没看见这么美的雪了。"小盈轻轻应了一声,然后便出神地看着眼前自在飞舞的琼朵,似在自家园中观赏雪景一般。

与小盈这份出奇的从容相比,小言却远没这么镇定。虽然口中调侃,但他内里却是心急如焚,真是悔恨交加:"唉! 怪就怪自己与小人结怨,却偏又

瞻前顾后，当断不断，没下狠心！当时还觉处置得当，不想今日遭此大难。只是，连累了小盈……"

面前的小盈越是淡定，小言就越是觉得自己非常惭愧。

"也罢，现在首要之事还是想办法出去。"小言心神只是片刻散乱，意识到眼前困境之后，他便赶紧运行起太华道力，迅疾施展出旭耀煊华诀。

气力衰竭之际施展出的法术光色虽不如往日耀眼，但毕竟为这白茫茫的狭窄天地添了几分生气。同时，得了法诀之效，在微微蒸腾的光焰中，小言的气力正在迅疾恢复。

不一会儿，小言柔声说道："小盈，你且坐好。我来看看这里有没有出口。"

"我也和你一起。"

于是，两人站起身来，在飞舞的雪花中，朝四下冰壁不住地摸索敲击。

只是，让二人失望的是，无论小盈怎样细心摸索，抑或小言怎样大力敲击，却总是破解不开眼前这堵明澄冰壁。

咧着嘴抚摸着捶得发痛的手掌，小言突然觉得好像有什么重要物事，自己一时没能记起。

"是了！我忘了那把封神古剑！"皱眉思索了一下，小言才明白为啥自己觉得手里空落落的，"我为何不召唤一下？也许它能帮上忙。"

于是，小言聚拢心神，开始悉心感应那把失落的古剑。只是，让他大感沮丧的是，无论他如何召唤，却始终感应不到那把瑶光剑的存在。这一下，小言真有些绝望了："赵无尘这坏蛋，是从何处搞来这宝贝？竟能隔断我与飞剑的联系！只是，为何这样厉害的宝贝却不能一下子把我们杀死？只在这儿纷纷扬扬地下雪！"惊惧之余，小言也有些迷惑不解。

对于他和小盈来说，困入雪境之中虽然不过片刻，却似乎已度过一段漫长的时间。

小言不知道的是，就在他与小盈陷入雪阵后，略过了一阵，他那把古剑失去了主人气息，便倏然飞起，绕着林间寒光缭绕的冰塔飞舞了几圈，然后将剑身轻轻附在光壁上，似乎正在侧耳倾听。有些奇怪的是，听得一阵，这把古剑并未着急救主，而只是往后一个倒翻，斜斜立身于松软的浮土中。

与瑶光的怠工偷懒不同，一只金睛白虎从林中急急蹿出，展身朝这座冰影纷纷的光塔扬爪狠狠击去。若是小盈在此定可看出，这头体形比一般猛虎大得多的巨硕白虎正是先前掠走赵无尘的那个山大王。

只是，现在任凭这只威猛的白虎如何死命猛击，这座冰塔如虚幻的烟景一般，总让它的巨掌穿塔而过，击不到实处。扑腾一阵后，这只路见不平挥爪相助的白虎才意识到，无论自己如何努力也只是徒劳，于是长啸一声，驾起一阵狂风，朝远处奔腾而去，一路带起纷纷扬扬的草叶。

冰塔雪阵之中，那些不知从何处而来的雪花此时仍在静静地飘洒。

飘飘浮浮，氤氲萧索，洁白无瑕的雪朵，一如四月的柳絮飞花，在小言、小盈的头顶身周轻盈地徘徊旋舞。

此刻，小言已放弃了无谓的敲捶，只在那儿倚壁而立，希冀有人发现并来救援。

在漫天飞雪中，小盈则默默注视着眼前翩翩飘舞的琼花雪朵。

在这样静谧的素白世界中，白衣小盈这样的姿态也让小言浮躁的心绪变得平静安宁。

渐渐地，原本落下不久后立即无踪的纷纷雪朵如茸茸的蒲絮，在小盈的发髻上渐积渐多，小盈原本俏洁的面容已变得苍白起来。恍惚间看去，小盈的口鼻轮廓，竟变得有些透明，似乎正与四周空明的冰壁渐渐融为一体……

正是：

仙子娥眉飞雪染，

女儿衫袖落花娇。

有情秋水霞长映，

无事休嫌雪难消。

看着小盈迷离的模样，还有她身上不住地颤抖，小言不禁暗暗心惊。

于是，为了让小盈不至于在冰雪中冻僵睡着，小言便扶着她在这片狭小的空间转圈行走，一边走一边把自己与赵无尘结怨的事择要跟她说了。

就在他恨责自己因一时之仁将小盈牵扯进来时，却听得已重获几分生机的小盈柔声说道："此事不怪你。你做得完全没有错处。只可惜当时我没和你在一起，否则又可以像去年秋天夜捉贪官那样，一起对付那个赵无尘了。只是……和现在的你相比，我却没什么法力。即使在，也帮不上什么忙。"

听得小盈自怨自艾，小言想出言排解，却听小盈又接着说道："其实今日这事，还是我连累了你。都怪我只急着学法术，没听你劝告，又……又不想有人跟随，才遭恶徒挟持，反连累你遭此苦楚。"

"小盈切莫这么说。"小言赶紧接话道，"其实，赵无尘那次之后表面变得温良谦恭，谁能想到他内里竟还是如此怨毒？我俩与他同门，原是防不胜防。如非今日此事，他日定还有其他事由引我落入圈套。"

说到这儿，小言不禁变得怒气勃勃："想来想去，还是因为我没料到世间竟真有这等恶徒！早知如此，当日我就该将他一剑杀了，最多只是赔得一条性命，也省得今日连累你！"

想到激愤处，小言抬脚便朝身旁冰壁胡乱踢去！

小言正狂怒间，小盈不觉幽幽叹了口气，自言自语道："其实今日与你共患难,我并没什么可怨悔的。唉,那等恶人……却让我想起一句话。"

"什么话?"

"我曾见过这么一句话:'与其溺于人也,宁溺于渊。溺于渊,犹可游也;溺于人,不可救也。'"

"这句话……说得真对。"品了品句中涵义,小言大为感叹。赞赏之余,他问道:"小盈,这话你是从哪本经册中看来的? 我却从没读过。"

"这是在家时我晚餐前洗手的玉盆上的一句铭文。"

"哦,原来如此!"正若有所思的小言顺口答了一句,却没发现旁边的小盈神色忽有些慌乱,似说错话说漏嘴了一般。

小言此时却从小盈那句"溺江"之言中联想起自己所会的几种法术——冰心结、水无痕、辟水诀、瞬水诀,虽然看似不少,但此时都派不上用场。

"唉,早知今日,无论如何我也得学会琼容的放火术。"一想到这个"火"字,小言心里突然一动,伸手便朝袖中摸去,这一摸,顿时便让意兴萧疏的小言如抓住了救命稻草:"天助我也! 这下又可多撑不少时间!"原来,他发现自己的衣袖倒袋中恰带着火镰荷包!

现在冰塔之中寒意四溢,身上的衣物根本就无法御寒。若是能点着生火,倒可以再拖延一些时候。

找到缓解之法后,小言赶紧将小盈扶到一旁,然后脱下自己外罩的道袍放在一边,接着取出荷包里的艾绒,紧紧地盖在火石上,弯腰弓背,将这些取火之物护在身下,用火镰在火石上迅速擦击。

只一下,便听嗞啦一声,几点耀眼的火花从火石边缘蹿出,将紧挨的艾绒瞬时点燃。一见艾绒燃着,小言赶紧将它凑到自己的布衣上。谢天谢地!幸好这古怪法宝里面的雪花只有真雪花的六角之形,并不能真正融化为水,因此他很容易就将道袍点着了。

"哈哈,那家周记杂货铺老板果然没蒙我,这火镰果真物美价廉!"

瞧着手中越燃越旺的道袍,小言打定主意,今日若能脱离灾厄,以后四海堂中的所有日常用品,只要周掌柜家有,便不去第二家买了!

只不过,欣喜之余,小言却又有些懊恼:"早知道,我今日就该多穿几层棉袄!"

看手中布袍已经燃起,小言便抬起头,招呼浑身打冷战的小盈过来取暖。

这时却听小盈说道:"小言,你这样,不怕自己冻着吗?"

一听满怀关切的恳切话语,只着单薄内衣的四海堂堂主略带尴尬地招呼道:"不怕,我有练功。小盈你快过来取暖。"

"嗯。"倚在冰壁旁的小盈慢慢走过来,和小言一起围着地下这堆衣物燃成的火取暖。

映着明亮的火光,原本脸色苍白的小盈这时脸上似又重泛起些许鲜艳的血色。

"琼容她们咋还不来找我们?"

看着眼前转眼就将燃尽的火堆,小言心下不禁又有些焦急起来。看着眼前面色依旧苍白的小盈,情急之际又怪起自己的道袍来:"这袍服看起来宽大,却怎地不禁烧!"

他却忘了,平日自己还常常夸擅事堂发给的袍子穿起来既轻便又爽滑。

眼前火堆转眼即尽,小盈仍在不住颤抖。

第十九章
归风送远，歌雪不负清盟

　　无数朵轻盈洁白的雪花仍在两人之间寂静无声地飘摇。

　　见火势即灭，小言就要脱掉上身的衬衣，小盈见状，忙说："不要再烧衣服了，再烧了衬衣，你就要打赤膊了。要不烧掉我一件外衣。"

　　小言听后，对小盈说道："小盈，你这样不会更冷吗？不行的。"

　　"那怎么办呢？"

　　"那我们两个再忍忍，我想琼容她们就该来了。"

　　"啊？"一听小言这么说，小盈颇为不解，"你是说琼容、雪宜她们会来救我们？"

　　"是啊！先前那只掳走赵无尘的猛虎，我猜很可能就是我没事时随便收下的不记名弟子。"

　　"什么？"听小言这话说得古怪，小盈便专心听小言讲，一时倒忘了周身寒冷。

　　只听小言继续说道："估计，你看到的那个虎弟子就是这黑松林之主。如果他破不了这古怪雪阵，一准便会跑去千鸟崖跟琼容她们报信。我想，此刻咱们这座冰塔外应该守着不少这样的山野弟子吧！我也是突然间想到的。"

就在这时,忽听一阵嘶嘶之声传来。

初时,嘶声较小,还要小言提醒,小盈才能听到,后来声音越来越响,如旷野中越刮越猛的旋风,逐渐由轻嘶变成重重的嗡嗡之声。

被困的小言一听到这似曾相识的声音,立时跳了起来。

"是琼容来了!"

随着声响越来越大,身周原本白茫茫的空明冰壁荡漾起阵阵红影来。

只过了片刻,困在冰塔中的二人便见眼前红光一闪,等再睁眼看时,便见自己又站在了松涛阵阵的古松林下!

"琼容,是你吗?"刚刚逃出,一时还没能完全适应眼前的光线,小言便眯着眼睛,朝面前两朵呼呼飞舞的红色光团问话。未等话音落地,便听那处应声响起一个兴奋的童音:"是我啊,哥哥!"

天真的小丫头见小言呼喊,便立时奔了过来,一头撞向小言怀中。小言则只是朝琼容身后怔怔望去。原来,琼容身后有两只鲜红的鸟雀,正在璀璨夺目的火影中舒展着绚烂的光羽,朝他轰轰飞来。

"琼容,这是?"

"哥哥!我这两把刀真的是两只鸟儿!"

此事还得追溯到半个时辰前。千鸟崖上几人久候小言和小盈不回,又见天色渐晚,便不免焦急。就在琼容嚷着要去寻找哥哥时,却听得一阵风响,然后就见一只白虎和一只白豹急急蹿上山崖。

正在南宫秋雨大惊失色,霍然起身要上前与二兽相搏之时,却不料在他起身之前,一团黄影早已蹿了出去,正跑到那两只凶猛野兽之前。

"小心!"

就在妙华公子惊得脸色苍白之时,却见身着黄裳的小女孩已和那两头体形硕大的不速之客叽叽咕咕地"交谈"起来。看她们的亲近情状,便似是多日未见的好友一般。

还在南宫秋雨张口结舌之际,便听小女孩蓦地回头大叫道:"雪宜姐姐快来,哥哥和小盈姐姐被关起来了!"

"啊!"一听之下,原本还端秀静穆的寇雪宜立时惊呼一声,提起裙衫飞快跑到琼容跟前。然后,南宫秋雨便见两头猛兽伏低身子,口中呜呜有声。

"难道……"就在妙华公子不敢置信的目光中,琼容和雪宜已分别跨上虎豹,分林披草,在一阵狂风中绝尘而去!

见此奇景,南宫秋雨怔愣半晌,才想到自己应该跟去保护二人安危,于是便运起蹑云步,循着前方林叶响动的方向一路追了下去。

过了没多久,这三人便先后来到小言、小盈遇险处。

等到了地方,他们三人才发现这儿已经围了不少山禽走兽。见他们到来,便一哄而散,尽皆隐入林中。白虎、白豹则蹲踞一旁,看琼容几人如何解救。

察看过巨石,还有散落一地的藤索、触目惊心的鲜血、歪歪插在泥中的古剑,以及不停散发着幽幽冷光的冰塔,心思缜密的妙华公子很容易便推断出了事情的整个经过。

听过南宫秋雨的分析,雪宜、琼容二人便绕着冰塔开始施展各样法术,试图解开这座冰阵,将困在其中的二人救出。试过几种法术后,很快便发现,只有琼容的朱雀神刃最为有效,能明显消释冰塔的寒气。

发现这一点,琼容便拼命运起神刃,围绕着冰塔不停地削。

感觉到针锋相对的渗骨寒气,这对红光烁烁的兵刃越发兴奋起来,飞舞之间吐动的光焰越来越长。

终于,在冰塔哗然瓦解之时,两把临空飞舞的火刀迎风化成两只头羽分

明的火鸟!

看着琼容身后这两只盘旋飞舞的火雀,刚离险境的小言心中暗暗忖道:"难道真如神刃名字那样,这一对火鸟竟是那四灵之一的朱雀?"

略歇了一阵,小言便和雪宜一道扶着小盈一起踏上归途。那两只帮了大忙的奇兽已在小言珍重谢别之后奔跃而去,重归山林。

此时,已是星月满天,夜色正浓。

归途中,小言自是将今日遇险经过原原本本地告诉雪宜三人。

听得讲述,琼容、南宫秋雨自是义愤填膺,寇雪宜虽然沉默不言,但看她牙咬樱唇的模样,显见也是满腔愤恨。

待几人披星戴月重归千鸟崖,已是夜色深沉。

小言奔回房中穿了件外衣,便出来和众人胡乱用了些饭食。吃完,雪宜去小盈房中生起几只火炉,安顿她歇下。一切安排妥当,小言将南宫秋雨送到了崖口。

就在妙华公子走下石崖时,却见回来后几乎一言不发的寇雪宜走到崖口对山路上的妙华公子言道:"南宫公子,请恕雪宜失礼。明日观景之约,我却不能去了。"

下山之人闻言,身形略顿,然后回头一笑,道:"与仙子同游,本属奢望。今日能得一席清谈,我已万分知足。"

说罢,妙华公子踏月归去。

看着那个落寞的身形渐渐远去,小言觉着有些歉意。毕竟,今晚去救小盈之前,他特意嘱咐琼容留他用饭,便有让这位妙华首徒帮忙照顾她们之意。念及此处,小言便有心替这位妙华公子求求情。只是,刚一转头,已到嘴边的话又被生生吞回肚中。

皎洁的月光中瞧得分明,眼前久不见哭泣的雪宜现下眼中又已蓄满了

泪水。

小言看到,梅花仙子用上多日不用的称呼,哽咽道:"堂主,今日之难,皆因我而起。可在你们身陷危难时,我却还在和旁人闲聊……"

说到此处,她便再也说不下去了,眸中那两泓蓄积已久的清泪瞬时扑簌簌滴落。

见她哭泣,四海堂堂主张小言不免又是一阵手忙脚乱,费了好大工夫,才让雪宜的悲声勉强收住。

瞧着梅花精灵沐雨凝露般的悲容,小言心中却是一动:"奇怪,这雪宜姑娘当初入我四海堂,只为混入上清宫修习道法。可眼下她的身份我已全部知晓,而这俗称的妖灵身份又被灵漪儿掩饰过去了,按理说再无后患,却不知她为何还要对我毕恭毕敬,自处下位? 她难道未曾想过,当日我对她的所谓救命之恩被点破之后,根本就不存在?"

正在心中疑惑之时,却听琼容在不远处的袖云亭中朝这边喊着自己:"哥哥,你快来一下。"

"啥事?"

见琼容相召,正好也可让雪宜自己静一静,小言便欣然前往。

见小言到来,两手一直捂在石桌上的小丫头便压低声音说道:"哥哥,我要送你一样东西!"

见她这副神秘模样,小言大感好奇,问道:"你有啥东西送? 糖果?"

"不是! 是这个——"见哥哥没猜着,琼容便把手一移,只听呼啦两声,两只火鸟霎时盘旋而起。

"朱雀刀?"

"是啊! 这两只朱雀鸟儿,大的那只送给你,小的那只送给小盈姐姐!"

"呃?"

见小姑娘突然如此，小言一脸疑惑，不明所以。却听琼容按着自己的生活经验认真解释道："小言哥哥和小盈姐姐今天吃了苦，一定不开心，如果有人送东西玩，就不会难过了！"

"原来如此。不过琼容，你这心意我领了，东西却不能要你的。"

"为什么呀？"

"琼容你想，如果没了这两把刀，以后哥哥再落了难，你又如何来救我？"

小言只轻轻一句话，便立时打消了小丫头送礼安慰的念头。

委婉谢绝了小妹妹的好意，四海堂堂主又欣赏起这两把初现雀形的神器："我说琼容，你要不提我还没注意，这两只看起来差不多的朱雀真的还是上面那只要大些。"

"啊？！"没想这无心的话竟引起琼容强烈的反应，"不是啊，哥哥！我想送你的，是下面飞的那只！哥哥你再看看？"

于是，不幸看走了眼的四海堂堂主只好在小姑娘无比期待的目光中重又眯眼郑重观察了一阵。不消说，这次观察的最终结果果然和小琼容的看法完全一致！

一夜无话。第二天，小言便带着四海堂堂中几人，一齐前往飞云顶，将昨日之事禀报师门。

听说小盈、小言险遭门中弟子伤害，灵虚掌门自然大为震怒。饶是他养气功夫这么好，一听小言禀告完，二话不说便拂袖而起，来到澄心堂外的院落中，振袖祭起他那把如霜赛雪的飞剑。

霎时间，站在上清宫小院之中的小言等人只觉着整个飞云顶四周的山谷峰峦中都震荡奔腾起一阵肃杀的啸鸣声。

只一会儿工夫，便见那把白龙一样的飞剑已倏然倒飞回灵虚子手中，几乎与此同时，院中青砖地上吧嗒一声掉下一件物事。

等众人低眼看去，又听得一声惊叫。正是小盈看得眼前物事失声惊叫，一把抓住了身旁小言的袍袖。落在砖地上的物事正是一只血肉模糊的手臂！

将滴血未沾的飞剑归入背后鞘中，灵虚子对小盈、小言一弓腰，歉声说道："不知何故，只寻到那孽障一只手臂。"

见掌门对自己如此恭敬，小言大为惶恐，连忙躬身礼拜。正要回话时，却见灵庭子、灵真子、清溟道长几人也急急赶到上清宫澄心堂前，一齐合掌，朝这边躬身礼敬："请宽我等不赦之罪。"

正当四海堂堂主手足无措之时，却听身旁的小盈出言说道："诸位师伯师祖，无须自责。内贼自古都是防不胜防，况且此事我也有过错。若不是我固执，不要门中派人随行保护，昨日之事恐难发生。"

听得小盈这话，眼前几位上清宫首座和住持虽然口上还在谦逊，但小言明显感觉到几位师伯师祖明显大松了一口气。

见着眼前这番异状，小言心下大为狐疑："小盈到底是何许人也？难道家中竟是大有势力的达官显贵？"

又寒暄了几句，小言少不得将昨晚事情的前因后果跟灵庭子几位师长又说了一遍。

两下一印证，小言、小盈这才知道昨日困住他们的冰雪壁塔正是天师宗张天师赠予灵庭真人的防身符咒：冰雪锁灵阵。

那个赵无尘觑得空处，将灵符从师尊静室中盗出。只是，他只管冲着天师的名头偷取这套灵符，却万万没想到，灵庭子有好生之德，当时请得的这套锁灵符只能困住敌手，若无特殊法咒催动，陷阵之人一时也不会死去。

见自己殿中连出两件大事，平日只管钻研道家经义的豁达羽士此时似乎一下子苍老了十多岁。灵庭子清癯的脸上一副漠然神色，不复当日洒脱的笑颜。

瞧着师弟这模样,灵虚子心下暗叹:"罢了,恐怕这也是劫数。也只好留待来日慢慢好言化解。"

又听得眼前的少年堂主张小言正在自责:"列位师尊在上,昨日之事也怪弟子经验不足,否则也不会一再陷入圈套。经得昨日这事,我才晓得这天下人、天下事原没这么简单。今后若得机会,我还得多加历练。"

"唔,你能如此想,甚好。"灵虚子闻言赞叹,复又抚须沉吟道,"若说历练,机会倒是不少,不过也不急在一时。今日你还是先和小盈姑娘回去,好生安歇。"

"是!"

这场风波至此便基本告一段落。之后几日中,千鸟崖上又恢复了往日的平静。

南宫秋雨也没再来,据说已和师门中人一起转回委羽山去了。

小盈经得此事,不再前往郁秀峰修习道法。这些天里,她都在四海堂中,或跟小言学习道法,或教雪宜、琼容读书练字。几日下来,四海堂中的岁月倒也舒适惬意、其乐融融。

又过了一些时日,便到了十二月初,已近一年之尾。这天上午,正当小盈跟小言讨教炼神化虚之法时,飞云顶忽派人手持掌门之令专程来到千鸟崖,说有要事要召小盈。

闻得飞云顶相召,小盈倒似预知了是何事,一言不发,只默默地跟着传令道童前去。

大约到了中午辰光,正在小言坐立不安之时,小盈终于在千盼万盼中归来。问起掌门何事相召时,却见她黯然说道:"小言,我家中父母记挂,传信要我现在便起程,回去跟他们一起过年。"

乍闻此讯,小言一呆。稍过片刻,才重新展颜说道:"这是好事。年节回家团聚,正应恭喜你。若不是门规约束,我也很想回去跟爹娘一起过年。"

虽然如此排解,但小盈仍是有些怏怏。见她这般愁色,小言心下也甚是不舍。只是,小盈应是豪家子女吧?恐怕在这事上也是身不由己。

想到此处,小言不知怎么就觉得有些悲伤。

知道小盈要走,琼容和雪宜也是十分舍不得。整个下午,雪宜和琼容都在替小盈收拾行装。

一种浓浓的离愁弥漫在四海堂中。

短短一个下午,四海堂石居门侧那两只石鹤嘴中冒出过好几次青烟。这是上午飞云顶跟小盈的约定,若是来接她的南海郡段太守到了,便用此法通知她。

只是,见到这催促行程的袅袅青烟,小盈却几次三番不忍离去。

几番拖延,直到申时之末,夕霞涂在千鸟崖岩壁上的颜色已从明灿渐转深赭,小盈仍是恋恋不舍。正在流连之时,却见千鸟崖前的山道上忽行来一行声势盛大的罗伞仪仗。正是段太守久等不至,以为小盈玉趾金贵,不愿轻移,于是便自作主张,带着金伞凤轿,翻山越岭亲自来千鸟崖接人。

见太守亲自寻来,小盈再不能拖延,只好跟小言几人含泪而别。

一时间,太守吏员殷勤上前,接下小盈手中包裹,又有美婢慈婆从旁奔出,半拽半扶,将满腔离愁的小盈与千鸟崖上众人就此阻隔在轿子暖帘内外。

一番纷乱之后,待小盈踏上行程时已是月上东山,暮色朦胧。

行色匆匆的队伍次第点起了照明的灯笼。

此时,未能送得小盈的小言正伫立在千鸟崖口,望着山间宛若长蛇般的光点,若有所思。在他身旁,两个女孩也站在晚风中,裙袂飘飘,陪他一起目送小盈渐渐远去。

山路漫漫，不知尽头。

奉命而归的小盈端坐轿中，熟练的轿夫在山道上如履平地，让轿中之人丝毫感觉不出颠簸。

只是，无论这平稳的轿子如何化解山路的崎岖，小盈都知道，那抱霞峰、那千鸟崖，还有那朝夕相处多日的几个人正渐渐远离自己。

正当惆怅的小盈满腔离绪得不到纾解之时，却忽听得耳边传来一阵悠远的笛歌。

"停轿！"

平稳向前的暖轿应声停住。

走出轿子，不管身周紧张护卫的兵士，小盈只顾循着笛声举首向东边山峦上望去。只见明月之下，高山上一个巨大的树冠上，正临风伫立一人。他袍袖含风，衣带飘舞，在月华天宇中投下一抹出尘的剪影。

"是他！"虽然只能看到大致轮廓，但眼含热泪的小盈却仿佛能看清月下临风执笛之人的眉目容貌。

清远悠扬的笛音，正从那处顺风传来。原本清亮的玉管，此刻流淌出的都是低回悱恻的乐音，正是那首乐府《西洲曲》。

和着笛歌的节拍，小盈口中低低吟唱，回想起往日的点点滴滴，眼中两行清泪便再也忍不住，带着点点月华夺眶而出。

正在心神摇动、离泪潸然之时，却忽听笛音一变，已转成一首拙朴的古歌《紫芝》：

莫莫高山，

深谷逶迤。

晔晔紫芝，

可以疗饥。

听得这满含眷眷期待之情的古朴音调，小盈怔怔立了一阵，然后便在满眼泪光中朝笛音传来的方向会心一笑，反身稳步坐回轿中。

迤逦的长龙又开始在曲折的山道上缓缓蜿蜒，而那缕缥缈空灵的笛音则无论小盈行得多远，都始终在她耳畔心间如慕如诉地悠悠回响。

图书在版编目(CIP)数据

四海为仙4：惊魂斗法会 / 管平潮著. —杭州：
浙江文艺出版社，2021.8
ISBN 978-7-5339-6538-9

Ⅰ.①四… Ⅱ.①管… Ⅲ.①长篇小说—中国—当代
Ⅳ.①I247.5

中国版本图书馆CIP数据核字（2021）第115409号

选题策划　关俊红
责任编辑　关俊红
营销编辑　宋佳音
封面设计　仙境 WONDERLAND Book design
版式设计　吴　瑕
封面绘图　谭明-ming
内文绘图　南宫格
责任印制　张丽敏

四海为仙4：惊魂斗法会

管平潮　著

出版　浙江文艺出版社
地址　杭州市体育场路347号
邮编　310006
电话　0571-85176953（总编办）
　　　0571-85152727（市场部）
制版　浙江新华图文制作有限公司
印刷　杭州杭新印务有限公司
开本　710毫米×1000毫米　1/16
字数　133千字
印张　10.5
插页　2
版次　2021年8月第1版
印次　2021年8月第1次印刷
书号　ISBN 978-7-5339-6538-9
定价　39.00元